ウツ婚!!

死にたい私が生き延びるための婚活

石田月美

装画　峰なゆか
装丁　佐藤亜沙美（サトウサンカイ）

まえがき ——生き延びるだけで精一杯な女たちへ

はじめまして。石田月美と申します。

私は１９８３年生まれ。東京に育ち、高校も大学も中退し、ようやく辿り着いたところは精神科。特技も資格も職歴もないけれど、病名だけは沢山持っています。

うつ・摂食障害・対人恐怖に強迫性障害に境界性人格障害、依存症に自己愛がどーとか。沢山の病名はある時期、私を救いました。私ってビョーキなんだと。

でも、ある時期から病名は私を代弁し、私は「患者」になり、「患者」としてしか生きることが出来なくなりました。

それは、行く場所も喋る言葉も居場所や振る舞いや仲間との関係さえも規定していき、ビョーキは「私」を吸い取って行ったのです。

この本は、そんな私が「婚活」というプロセスを通して、ビョーキのまま社会と繋がって行く物語と、そのためのスキルとテクニックについて記してあります。

病の克服本だと思って手に取られた方には申し訳ないのですが、私は今でもビョーキのままです。私たちが抱える多くの精神的な疾患は治りません。だから「回復」という言葉が使われたりもします。でもこの本は「回復」とは何か、なんてことも書いてありません。

私はビョーキのままです。でも、その病を抱えたままの自分と一緒に生きて行くことは出来ます。そして、そのために必要なのはスキルとテクニック、それらをトレーニングし続けることだと私は考えています。

ありのままの自分って何ソレおいしいの？　自己肯定感とやらって念じれば上がるの？　認知行動療法？　ＢＰＤにＤＢＴ。あんぽんたんな私は、そんなものの意味も意義もわかりません。

患者でしかなかった私はもっと「毎日を生き延びるスキル」「これからも生き延びるテクニック」を教えて欲しかった。病院の外で生き延びるために。

それで、婚活セミナーをやったりこんな本を書いたりしています。

同じような苦悩を持つ仲間たちに、そしてあの頃の自分に向けて。

『ウツ婚!!』と題した私のセミナーは精神科の施設で行われました。

ビョーキの講師がビョーキの生徒に向けて、したたかさを説く白熱教室は、男性とまっとうな方は入室お断り。おビョーキ同士で、生き延びるための戦略を練ったのです。

満員御礼だったセミナーは幕を閉じましたが、本を読んでくだされば伝わるかと思います、私たちが必死で紡いできたスキルとテクニックが。お気に召したら、どうぞ共犯になってください。おビョーキ仲間になって一緒に生き延びましょう。

私たちが企てた戦略が、どうか、読んでくれた人を少しでも楽にしますように。

私の物語編とＨＯＷ ＴＯ編の２部構成になっているので、調子のいいときはＨＯＷ ＴＯ編から、調子が悪いときは物語編からお読みください。（もちろん、逆でも）
最初から読まなくても、知りたいところからお好きに読んでください。だって、頭も身体(カラダ)もバラバラな私が書いたバラバラと壊れ落ちそうな本なんだから。

石田月美は恥ずかしながら生き延びております。

菓子パンも美味しゅうございました。ママの手料理も美味しゅうございました。

でも、まだまだ走り続けます。

「TOKYO GIRLS BRAVO」なんてお話もあったけど、私はこう思うよ。

WORLDメンヘラBRAVO！ってさ。なーんつってな。

世界が真っ暗闇の中にあるとき、その暗闇すら望み続けるあなたにとって、一本のロウソクになれることを夢見て。

石田月美

さぁ、はじまりはじまり

ウツ婚!!　目次

〈物語編〉

ビョーキの私が生き延びた奇跡の婚活ストーリー

Scene1 塔の上のメンヘラーゼ

Scene2 戦場のガールズライフ開幕？

Scene3 闇なのにデートもしないの？

Scene4 本命捕獲計画

Scene5 家族にまつわるエトセトラ

〈HOW TO編〉

Lesson3 出会う、デート、相手の選び方

Lesson4 コミュ症による婚活コミュニケーション術

ウツ婚!! 死にたい私が生き延びるための婚活

ウソ婚!!

物語編

——ビョーキの私が生き延びた
奇跡の婚活ストーリー

SCENE 1

塔の上のメンヘラーゼ

はじめに[1]——まだ始まってもいない私

「「あきらめたらそこで試合終了」[2]っていうか「閉店ガラガラ」[3]なんですけど……」
「死にたい」なんて108回[4]はつぶやいたし、私は誰とも会わず誰とも話さない一日をまた

1 この物語編にオマージュが溢れ脚注も多いのは、この書き方自体が、岡崎京子『pink』（1989）に出てくる青年のオマージュだから。一回も小説を書き上げたことのない小説家志望のその青年は、沢山の本を買ってきてハサミでチョキチョキ切り貼りし、それを繋ぎ合わせた作品で賞を取る。そして、この物語編はこの『pink』の青年の書き方のマネ。チョキチョキペタペタ。

2 井上雄彦『SLAM DUNK』（1990〜1996）。アニメにもなって主題歌は大黒摩季が歌ってたバスケ漫画。主人公のチーム監督、安西先生の名セリフより。人気絶頂で連載が終了したわけは対談本『漫画がはじまる』（by井上雄彦・伊藤比呂美）（2008）に書いてあるけど、対談相手の伊藤比呂美は『あかるく拒食ゲンキに過食』を書いた摂食障害経験者なのでR。（by昭和軽薄体）

3 M-1グランプリ2002年王者、ますだおかだの岡田のギャグ。母親の強い反対で芸人を一度は諦めた岡田だが、母親の口癖であるこのギャグが大ヒット。2007年にはベスト・ファーザー賞 in 関西を受賞しているのに、離婚して、再婚して、あの美人な娘（岡田結実）にネットニュースが上がった3分後にメールで再婚報告をして、「なんだこいつって思った」とTVで言われたりする、なかなか「家族」に引き裂かれたスベり芸人である。

4 仏教で人の煩悩とされている数。除夜の鐘はそれに由来。「そして全ての煩悩停止して踊るのさ MIRROR MAN!」（byフリッパーズ・ギター『Winnie-The-Pooh Mugcup Collection』（1991））

終えようとしていた。引きこもってから3ヵ月くらい。無職歴は3年。大学は8年通ったけれど親の経済力に限界が来て、もしくは堪忍袋の緒が切れて、大学は4年生で中退。もちろん院に行っていたわけでもなく、長すぎるモラトリアム[5]というか、要はメンがヘラってなんとなく在学しながら引きこもりと過食とダイエットを繰り返していただけ。大学は中退して終止符を打てたけど、メンヘラも引きこもりも実家住まいも手放せずにいた。

そんな私の一日が開店するのはAM1時頃。両親が寝静まってから、そーっとコンビニに行く。もちろん過食するための買い出しだ。実家は港区のど真ん中にあるのでコンビニには不自由しない。セブン・ローソン・ファミマにthanks[6]。考えるのもめんどくさい。食べたいと思える物がわかんないから安い物を手当たり次第買う。店員に絶対変なあだ名付けられているし、さっさと買ってさっさと帰る。食べているときはいい。何も考えなくて済むから。食べていることをも忘れたいからコンビニコミックスと、誰からも掛かって来なくなった携帯をまとめサイトを見るためだけに開く。六畳間の私の部屋からはたまに、消し忘れた東京タワーの灯りが見えるけれど、そんなキラキラはぴしっと障子を閉めてなかったことに。スティックパンは安くて多くていい。漫画もクッキングパパ[7]でいい。私に優しい物だけ周りに置いて、それらを消費し尽くして、ようやく明け方5時くらい。両親が起きてくる前に寝なきゃ。

夫婦二人で翻訳会社を営む両親は、結構高齢で持病なんかもあったりして。ど田舎から出てきて事務所を港区のど真ん中に構えているせいで、事務所まで徒歩十分の郵便番号だけ立派なアパートに住んでいる。メンヘラ引きこもりニートな私はもちろん実家に寄生し、もちろん両親に合わせる顔もなく、そのためにもウツのためにも昼夜逆転の生活だった。でもあんまり眠れないからAM10時にはまた起きちゃう。起きたらまず冷蔵庫の扉を開ける。お腹一杯になってまた寝たいから。お風呂はリビングですれ違う親に怒られない限り入らないし、歯も磨かないからボロボロだけれど、そんな身体（カラダ）の不快感を消すためにも早く食べなきゃ。

なんで実家の冷蔵庫の中ってあんなにも正しいのだろう。野菜は多く肉は少なく魚は旬の物。コーラも菓子パンもさきいかもない。父親の酒のつまみのピーナッツをコソッと食べて、

5 椎名林檎『無罪モラトリアム』（1999）。椎名林檎の一作目のスタジオ・アルバムで約一年半チャートインし続けた大ヒットJ-pop。彼女の曲は私が10代の頃から圧倒的な人気だったんだけど、マイノリティーの気持ちを歌ってマジョリティーの支持を集めたことをご本人はどう受け止めているのか気になってる。

6 コンビニエンスストア『サンクス』。だけど、ここではコンビニに感謝の意を。で、この表記。1985年のセブンイレブンCM開いてて良かったシリーズ第一弾「ケイコさんのいなり寿司」の話をすると、ご年配の方々に喜ばれると同時に年齢詐称を疑われる。

7 うえやまとち『クッキングパパ』（1985〜）。今も続く料理漫画。主人公、荒岩一味は料理も育児も家事もこなす兼業主夫。連載初期、主人公は自分が料理する事を隠していたけど、今はあの厚い胸板を堂々と張って皆に振舞う姿に時代の流れを感じる。出てくる料理がマジで殆ど高カロリーなとこも、舞台が福岡なのも好き。ダイエット神話なんて踏みつけろ！　うまいぞっ！

米と何かでかっ込んでもう一度閉店就寝ガラガラ。でも起きちゃう。目が覚めなければ、体重は90キロを超えたけど、いつでも最高の夜なのに。[8] 明けない夜はない[9]なんて、心底余計なお世話だし。リストカットしていないのは痛いのが嫌なだけだし。自殺していないのは怖いだけだし。はっ！　また考え始めた！　食べなきゃ食べなきゃ。

食べたり漫画を買いに行ったり又食べたりを繰り返す毎日の中でヤバイ！ってなるときがある。それは夜中のコンビニに入るとき。ドアが鏡張りになっているから闇夜に自分の姿が浮かび上がる。太って髪はぐちゃぐちゃで弟（元アメフト部。身長188cm、体重MAXで100kg）のスウェットを着ている自分。控えめに言って不審者。自分が「HOT PEPPER[10]」より「BIG ISSUE[11]」に近いことも知ってる。ヤバイマジヤバイ。とりあえず風呂には入ろう。

風呂は本気で容赦ない。肥えた身体を自分で洗えとか、なにそれ修行？　自分なんて触りたくもないのに。でもヤバイから必死で入る。風呂の鏡に「曇り防止」とか付いてなくて良かった。ボロアパート万歳。パンツも入らなくなっているから父親のビール腹仕様のパンツを拝借。白ブリーフ万歳。弟のスウェットが豊富にあることに感謝して体育会系に足を向けて就寝。明日からダイエットしなきゃ。

このくだりを何回繰り返したのだろう。そして私はスポーツジムに通い出し、親は「家で食って寝ているよりはマシ」と入会費月会費を払い、私は急に何も食べなくなってガリガリになり、バイトとか始めだし、どうせウツになったときの過食代に消えるお金を稼ぎ、「一日だけ。自分へのご褒美」と始めた過食が、1日になり1週間になり1カ月になり、今の3カ月目に至る。

寂しい。圧倒的に寂しい。もう自分が社会的にどうとかキャリアがどうとか、そんなご立派な悩みにすら登れない。東京の中心[12]で菓子パンと漫画に囲まれてむくむくと太った私は、鳴らない携帯を握りしめて必死に親の脛を齧っていた。そろそろ齧り尽くしちゃう。そしたら私は底の底に落ちる。そこに敗者復活戦は無い。ヤバイヤバイマジヤバイ。とにかく誰か

8 最果タヒ『夜空はいつでも最高密度の青色だ』（2016）。渋谷と新宿が舞台の詩集だけど、港区も入れて欲しい。

9 出典は諸説あるけど、多くの人が思い浮かべるのはシェークスピアの四大悲劇、『マクベス』（1606?）四幕に出てくる台詞。日本語では「明けない夜はない」って意訳されてるけど、マクベスの「The night is long that never finds the day」って直訳すれば「夜は永遠に明けない」じゃねーか、明けなくていーよ、っていつも思う。

10 駅とかコンビニとかそこら中に置いてある「女子力向上フリーペーパー」という顔したクーポン誌。

11 「ビッグイシュー」。道端でホームレスの人が数百円で売っている雑誌。ホームレスの人の独占販売事業とすることで、ホームレス問題に挑戦。つまり、ホームレスの人をチャリティで救済するのではなく、仕事を提供して自立を応援している。バックナンバーは3冊以上からオンラインでも買えるよ。

12 片山恭一『世界の中心で、愛をさけぶ』（2001）。通称セカチュー。映画化もされた大ヒット小説。月美は東京の中心で、死にたいを叫んでいたつもりだったけど、日本数学検定協会によると東京の中心って国分寺らしいよ。

と喋りたい。寂し死にする。ちょっと待って。一回だけ考えてみよう。怖いけど。

まず私は今年で27歳（一年遅れて大学に入っているから）。松嶋菜々子がドラマ『やまとなでしこ』[13]で「女の市場最高値」と言っていた歳だ。どちらかといえば松嶋菜々子より松島トモ子似の私は、とりあえずコーラからネオ麦茶[14]に変えてみるか。黒烏龍茶って高いし。いや、そうじゃない。またダイエットをしたって同じことの繰り返し。「女の市場最高値」ということは、やっぱり私はこれから下落していくばかり？ 生活保護申請のために「もやい」[15]に連絡してみるか。でもそれって結構ガクブル。高すぎるのか低すぎるのか、とにかく結構なハードルだ。生活保護をもらっている自助グループ仲間は沢山いるけれど、みんな結構引け目を感じながら生きている。

市場最高値の年齢で、私は職歴も貯金も持っていなかったけれど90キロの体重と精神科の診察券は持っていた。デブ専キャバクラへの応募も真剣に考えたが、それもとにかく結構なハードルだ。残ったカード（診察券）を使おう。私は3カ月間会っていないがそれなりに長い付き合いの主治医（初めて精神科に行ったのは多分21歳くらい。ドクターショッピングを繰り返し、今の主治医とは24歳のときに出会った）の診察予約を取ることにした。電話をする勇気を出すのにもう一週間かかったけれど、予約はあっけなく取れた。これで久々に外に出て他人と会う。やっぱりガクブル。でも金は払うし通行手形（診察券）もある。診察の日が来るまでヤマパン[16]と『美味しんぼ[17]』を貪って、それでは閉店ガラガラ。

博士の異常な処方箋[18]。「結婚」ってどこ薬局にあるの？

予約の日、精神科にはママと行った。コンビニに過食の材料を買いに行くのはマスターベーションのおかずを買いに行くのと同じだから一人じゃないと嫌だけど、精神科という世間

13 2000年にフジテレビ系で放送された連ドラ。今年「20周年特別編」で再放送されたときは全BBAが沸いた。

14 2000年西鉄バスジャック事件は当時17歳の少年が2ちゃんに犯行予告を書き込み、そのハンドルネームが「ネオむぎ茶」だった。また、松島トモ子って女優さんは「ミネラル麦茶」って商品のCM（1982〜）をやっていた。私って中身は前者、外身は後者に似てるよね。

15 認定NPO法人自立生活サポートセンター・もやい。超ざっくり言うと、日本の貧困や格差問題に取り組んでる人たちがいるとこで、相談にのったり助けてくれたりする。住むところがない人がアパートを借りる際の連帯保証人等もやってくれてて、のべ約3000世帯は引き受けている。

16 摂食障害者から熱い支持を集め続ける日本最大の製パン企業「山崎製パン」（1948〜）。ロゴは、太陽のマークに「ヤマザキ」。私は「死にたいと　思ったときの　ヤマザキパン」（月美　心の俳句 byちびまる子ちゃん）と思わず一句読んじゃうくらいお世話になってるけど、シールを集めてもらえる皿は一枚も持ってない。このご時世でも商品の裏にあんまり原材料が記載されていないのが、ほんとスゲーなって思う。

17 雁屋哲『美味しんぼ』（1983〜）。日本一有名なエディプスコンプレックスの漫画。主人公・山岡士郎の母は亡くなっていて後ろ姿しか出てこないとか、母性神話の塊。海原雄山も連載初期はDV家父長制オヤジだったのが、最近ではただの孫バカ好好爺。私と同い年の漫画だけど、炎上もしたし、そろそろ終わりそうで寂しい。「一週間後にもう一度来てください。本当のメンヘラをお見せしますよ」

様に接触するのは一人じゃ怖いし。ママは過保護で学生運動上がりのTHE『自虐の詩』[19]妻だけれど、そのエネルギーが凝縮されているのかとても小さい。どのくらいかっていうとママ以外は全員身長が170cm越えの我が家で家族写真を撮ると、まるで捕獲された宇宙人みたい。そんなママにいい歳こいた私は手を繋いで捕獲してもらい精神科へと辿り着く。ママをクレイジーな仲間たちでごった返す待合室に残して、いざ診察室へ。

診察で私はメンヘラの常套句である「死にたい」「もう無理」「自分がどうなっちゃうのか怖い」を並べた。辛いんです苦しいんですって雰囲気でアピールしながら。すると主治医は慣れた調子で私が投げた常套句を全てスルーして一言言った。

「結婚すれば？」

……………………。

出た[20]！「いいんだよ」[21]ならぬ「NO MORE[21]いいんだよ」！

てっきり「ありのままのあなたで大丈夫」とか「今は休むときだから」とかキレイゴトを頂けると思っていた私は、そのとき本気で閉店しようかと思った。「結婚」って。だってデブだよ？　無職だよ？　メンがヘラってるんだよ？　ハードルが上がりすぎて耳キーンなるわ[22]。ゆとり世代じゃないけど、ゆとってる私は褒められて伸びるタイプだし。図体はでっかくても肝っ玉は小さいのだし。「結婚」って。何ソレおいしいの？

たった一言だけ、しかし私をパラダイムシフトさせるたった一言を頂戴してママのいる待合室に戻った。「どうだった？」「先生は何だって？」ママの言葉を今度は私がスルーして、何となく処方された薄目の抗うつ剤を貰いに調剤薬局に向かう。私の通う精神科の目の前にある、その調剤薬局にはこれまたクレイジーな仲間たちが居て、昔からのおビョーキ仲間が私を見つけてくれちゃった。そして前に会ったときから30kgは体重が増えている私の目をしっかり見て「月美、人は見た目じゃないよ」と言った。涙も出ない。

どうしたらいいの？　見た目に振り回されて27歳まで生きてきた私が「人は見た目じゃな

18 『博士の異常な愛情　または私は如何にして心配するのを止めて水爆を愛するようになったか』（1964）。スタンリー・キューブリック監督によるブラックコメディ映画。中学の時にこの映画が好きで何度も観ていた私を、ママは超心配した。その後、本棚に山本直樹の『ありがとう』（1994〜1995）等が並び始めてママの心配は頂点に達する。更に遊びに来た同級生に「月美ってエロ本いっぱい持ってる！」と言いふらされてブチ切れたけど、今考えればエロ本でしかないわ。ママにも中学の同級生にも、ごめんごめん。

19 業田良家『自虐の詩（うた）』（1985〜1990）。阿部寛主演で映画化（2007）もされた四コマ漫画。阿部寛は『テルマエ・ロマエ』（原作はヤマザキマリによる漫画（2008〜2013））にも主演で出ている。映画通の友だちにフェリーニの『8 1／2』（1963）について感想を聞かれたとき、この超絶名作に対して私は「ちょっとオサレなテルマエ・ロマエ」と答えてしまい、冷笑・苦笑・失笑をくらった。

20 ますだおかだ2、3回目。

21 「夜回り先生」こと水谷修の決め台詞。といっても実在する人物で、薬物問題に始まり夜に街に出たり眠れない子どもたちと向き合っている人。最近YouTuberになったとの噂。

22 お笑い芸人「フットボールアワー」後藤のツッコミ。後藤はよくギター弾いたり自作の歌を歌ったりしてるけど「お前、よくそれTV出せたな。陶芸家だったら割るやつやで（by後藤）」ってくらい才能のあるダサさ。

い」のなら、これまでの苦しみは何だったの？　本当はどっち？　人は見た目が１００％[23]なの？　本当は、外見よりも中身が大事なの？　私の中身は外見のことしか考えていないのに。高校を中退して通信で高卒認定資格を取り、好きな人が通っているＭＡＲＣＨ大学に入学するまでの間、私は参考書しか読まなかった。でも「受かったら化粧とダイエットのことしか考えたくない」とエリート官僚の姉に言ってドン引きされたし。大学生になって独り暮らしをした部屋には有言実行、化粧品と美容本しかなくって。遊びに来た当時ＫＯ在学中の親友はそんな自己顕示欲というより肥大した自己愛に満ちている本棚を見て「嶋田ちあきの『「美」のレッスン』も山咲千里の『だから私は太らない』も月美が買うのはわかるけど、香取慎吾の『ダイエットＳＨＩＮＧＯ』は違くない？」とツッコミを入れた。

「結婚」。もう一回だけ考えてみよう。怖いけど。

結婚したら私はどうなる？「娘」ではなく「妻」になり、父親の扶養から外れる。父親の「誰のカネで飯食ってんだ！」を聞かずに済む。旦那のカネで飯を食えば？　それはいわゆる専業主婦だ。上野千鶴子の「専業主婦は白アリ[24]」どんと来い[25]。小倉千加子の「カオとカネの交換[26]」出来る？　冷笑された「新保守主義」の女の子に、私はなれるのだろうか。しかも私の飯代は高い。ということは、高収入で専業主婦にならせてくれる男と結婚すれば万事快調[27]。大団円。って、そんなことは山田昌弘も白河桃子も読まなくたって知っている。問題はそんな男が私と結婚してくれるかだ。その交渉って生活保護申請より通りにくい。「あきらめたら、そこで試合終了ですよ」安西先生の声がまた聞こえる。私は閉店ガラガラしたい気持ちを必死にこらえてシャッターを押し上げようかなってちょっと思った。ちょっとだけ。

23 大久保ヒロミ『人は見た目が100パーセント』(2014〜2017)。2017年にフジテレビ系でTVドラマ化された漫画。『あかちゃんのドレイ。』や『節約ロック』などを書いたのが大久保ヒロミ。大久保ニューは『渋谷A子』とか『東京の男の子』(魚喃キリコ、安彦麻理絵との共著)とかを書いたゲイ漫画家で、大久保佳代子は下ネタ俳句とかやるお笑い芸人。

24 上野千鶴子・小倉千加子『ザ・フェミニズム』(2002)。フェミニスト二大巨頭による対談本。230頁の見出し「援交と新・専業主婦は、家父長制につく白アリである」より。上野が言ったわけではなく小倉が「援交と新・専業主婦はちゃぶ台につく白アリのようなものです」と言い、上野は「それならわかる」と返した。でもね！ 小倉は同書123頁で「最近の若い女の子の新・専業主婦志向、その延長線上に出てきた専業主婦ならば、私は結託できますよ」とも述べていて、そこら辺は私が切り取るより、実際に本を読んだ方が楽しいから、そこんとこヨロシク！

25 湯浅誠『どんとこい、貧困！』(2009)。よりみちパン！セ、というティーンエージャー向けの書籍シリーズの中で「貧困」について書かれた一冊。湯浅の「カオ」がとにかくタイプな私は、講義に潜りに行ったこともあるんだけど、「カオ」に見惚れすぎて、法政大学「2016年度学生が選ぶベストティーチャー賞」を取ったその素晴らしき講義の内容を一つも覚えてない。

26 小倉千加子『結婚の条件』(2003)。結婚にまつわるスーパーエッセイ本。「結婚とは『カネ』と『カオ』の交換であり、女性は自分の『カオ』を棚に上げて『カネ』を求め、男性は自分の『カネ』を棚に上げて『カオ』を求めている」より。更に小倉は『女の人生すごろく』(1990)で、すごろくの「あがり」を「結婚」と皮肉っており、マジ楽しいから、絶対見てくれよな！(by鳥山明『ドラゴンボール』TV版(1986〜)、次回予告)

27 ジャン=リュック=ゴダール&ジャン=ピエール=ゴラン共同監督『万事快調』(1972)という映画 & PIZZICATO FIVE『万事快調』(1992)というPOP SONG。

風呂もツライし女はツライよ28

自分の身体から逃げたい。太った身体を見るのも触るのも嫌だ。鈍った頭と同じくらい鈍った感覚の身体は思うように動いてくれない。それでも食べていれば、胃と財布の中身が反比例しようと、私の身体は頭から切り離され何も考えずに済む。食べて寝るだけを繰り返していれば私は生きているようで生きなくて済んでいた。コンビニ弁当の残骸と漫画に囲まれ、私の時間はずっと止まったままだった。

身体を感じなきゃいけない風呂なんて地獄みたいなもんで、鬼に釜茹でされるのはごめんだと知らんぷりしてた。でも本当は気づいてる。風呂≠地獄で風呂＝現実だってこと。だからこそ、現実が地獄な私は風呂に入りたくないんだってことを。それに、風呂に入るとサッパリしてしまうじゃないか。サッパリなんて、この鬱々とした気分にそぐわない。悲劇のヒロインの私がサッパリしちゃうのなんて悔しい。あぁ風呂。ツラすぎる。怖すぎる。でもさすがに結婚がどーの。婚活がどーの。と言う前に、このベタついた身体を洗い流さなくてはならないことくらいはわかってるし、首をくくるよりマシかと腹をくくった。

洗面所の手前の廊下で服を脱ぐ。洗面所には「鏡」って鬼がいるから。直視したら風呂に入る前にまた食べちゃう。すっぽんぽんになって風呂場に飛び込む。湯気で曇った鏡に背を向けて座り、まずは髪の毛を洗う。久しぶりに洗うからなかなか泡立たないので三度洗い。トリートメントも三回。よし、次は身体だ。「擦らない方がお肌には」という美容界の常識をガン無視してゴシゴシ洗う。お肌にどうののレベルじゃなくて、パン屑とか垢を洗い流す。突き出たお腹を持ち上げて、お腹の裏面もゴシゴシゴシ。足の指も洗えるように持ち上げたお腹を押し潰して屈んだら、爪が凄く伸びていることを発見。風呂から上がったら爪切りだ。ウツのフリーズした頭で何工程もある風呂作業をこなすのは苦行過ぎる。やっぱりここは地獄の一丁目。

洗顔は輪郭が変わっていることを手で確認してしまうから一番ツライ。私は元々小顔で顎のシャープなラインが自慢だった。でも洗顔をすれば実感しちゃう。もう顎なんて消え失せるほど肉が付いているし、しっかり寝て食べているのに肌は荒れていた。だって肌に悪そうなものばかり食べていたし、昼間は寝ていても夜中は起きていたから。そんなブヨブヨザラザラな顔を涙と一緒に洗顔フォームで洗い流して、さぁ、上がったら保湿が大事。ママがハマっているココナッツオイルを顔に塗ってみる。身体にいいって言ってたし。キッチンにあったやつだけど多分直に塗ってもいけるはず。お次は爪切男[29]じゃなくて爪切月美。足の指の

28 東畑開人『居るのはつらいよ』(2019)。略して『居るツラ』と呼ばれる臨床心理の名著。居るどころか風呂ツラなんだけど、デイケア出身の私に『居るツラ』はマジで沁みた。

爪はお腹が邪魔してなかなか切れない。でも寝転がると何とか切れる。ついでに手の爪も黒ずんでいるから全部切った。タイヤで戯れるパンダ、じゃなくて爪切りで奮闘する月美はゴロゴロ転がる。いっそ舌もちょん切ってやろうかチュンチュン。

私がちょん切ったら雀じゃなくて蛇にピアス[30]だ、と思い直してひと段落。ふぅ。サッパリしてしまうなぁ。私は鬱々と思い悩んでいるはずなのに。サッパリしたこの勢いで化粧をしてみようと調子付いた。もうヴィンテージ感すら溢れる化粧品を久々に取り出し、いざ！化粧！　さぁ！　鏡よ鏡!!

……「力士」だ。鏡の中に力士が居る。濡れたままぐちゃっと結ばれた黒髪が更に力士っぽい。たまらん。やっぱり食べ物を買いに行こう。

相変わらず弟のスウェットで店に行くまでに、サッパリしちゃった私は考えてみた。何を食べるかじゃなくて財布を持った爪のこと。指も太るけど顔やお腹ほどじゃないなって。過食材はスーパーの方が安いからコンビニじゃなくて出来るだけスーパーで買いたい。でもコンビニより少しだけ（50m）遠い。いつも「一秒でも早く過食したい!!」って焦って、その少しに辿り着けない。夜中だと開いていないこともある。でもまだ閉店まで時間はあるしコンビニの食べ物も飽きが来ているから、たまのスーパーに行ってみる。到着すると入口すぐ、食品コーナーの手前に１００均があった。サッパリしちゃった私はちょっと考えてみた。

「マニキュア塗れば、過食の時間が少しは減る？」

家に帰って塗ってみると、はみ出しまくった透明のマニキュアで手だけは少しマシになったような気がして、久々に「お箸」を使って食べてみた。ずっと手づかみかスプーンだったから。

私がモテないのは、それは「暗いブス」だからです[31]

こんな私も精神科にお世話になる前は「明るい美人」だった。過食症になってからも人前に出るときは必死のダイエットをして「明るい美人」になってから。そうじゃないと誰とも会わなかった。「暗いブス」な自分は恥ずかしくて情けなくて、どんなに寂しくても菓子パンと戯れて自分を慰めた。でもそんな相棒のおかげでまたむくむくと太るし。食べ物と「あ

29 爪切男『死にたい夜にかぎって』（2018）。私たちみたいなのと付き合う変な男の小説。「変な女と付き合う俺」を書いてるけど、そんなお前が変なんだってこととかが駄菓子みたいな文章で書いてある。

30 金原ひとみ『蛇にピアス』（2003）。スプリット・タンと呼ばれる舌を切っちゃう描写が出てくる第130回芥川賞受賞作品。とにかく痛そう。昔はよく、著者をけやき坂でお見かけした。

31 二村ヒトシ『すべてはモテるためである』（1998）。「あなたはなぜモテないのか。それは、あなたがキモチワルいからです」で始まるAV監督が書いたコミュニケーションについての本。この前、同著者から『モテるための哲学』って本が出て即買いしたら、『すべモテ』の改題だった。チクショー！（byコウメ太夫）

なたしかいないの！」「あんたのせいで私はこうなっちゃったのよ！」とTHEメンヘラな恋愛模様を繰り広げて早数年。おかげで私は「暗いブス」に。モテるモテない以前に土俵に上がれないほど臆病な暗さだった。どすこい。

土俵入りを拒み続けてきた私だが、己の力士ポテンシャルを自覚したのはこれが初めてじゃない。臆病な自分が嫌で、ある日謎な決意をして自転車の旅に出たことがある。「ユースホステルを泊まり歩きながら日本を一周してみよう！　何かが変わるかも知れない！　少なくとも痩せるはず！」私はチャリにまたがり「やっぱ海でしょ」と湘南とか目指しながら頑張って漕いだ。超疲れた。知らない土地で知らない人との出会いとか期待していた。なかった。端から見ればデブがチャリ漕いでいるだけだし。結局、鎌倉の辺りにあるユースホステルまでは行った。我ながら努力はするのに方向性が間違っている。しかし私はそのとき衝撃の経験をする。

ユースホステルでは管理人のおばちゃんが風呂の時間を決め、私は他の人の迷惑にならないように風呂に入らなきゃいけないし（二段ベッドだから一日中チャリを漕いでいたデブと寝たくないだろうなって）、時間も守らなきゃいけなかった。さっさと結論を言うと、焦って入ったそこの風呂の鏡には「曇り防止加工」が施されていたのだ。私はずーっと避け続けてきた自分の姿を、一糸まとわぬ形で見た。「力士」がそこには居た。体型はもちろんのこと、ザンバラ髪と伸び放題の眉毛。うっすらではなくしっかりと生えた体毛。不機嫌だから眉間によった皺まで。力士そのものだった。私はあまりの衝撃にユースホステルの醍醐味である「みんなで晩ご飯」をキャンセルして海辺に行ってタバコを吸いながら空腹を紛らわせた。「人って太りすぎると大体同じような姿に集約されていくのだな」とネガティブな感情を通り越して感慨深かったのを覚えている。

翌日は鎌倉駅の駅員に「自転車は脱輪しないと列車には乗せられません」と言われて江ノ電を睨みながら、必死に来た道をまたチャリ漕いで実家に帰って寝た。勇気を出せば正しいって訳じゃないことと、努力の方向性は鎌倉じゃないってことだけはよく分かった。適切な方向に勇気を出さなくては。つまり「婚活」である。しかし私は「ブス」だ。もうちょっと細かく言うと「汚い不美人」である。これはモテない。モテないと婚活が上手くいかない。

痛いのは困る[32]

閑話休題。

32 熊谷晋一郎『リハビリの夜』（２００９）。医学書院から出ているレジェンド本。「痛いのは困る」は帯にもなっている一文。「自立（ジリツ）とは依存先を増やすこと」っていう名言を言ったのがこの人。当事者研究といえばこの人。むすんでひらいてつながって。

それなりに風呂に入り両親との夕食を共にするようになった私を、ママは単純に喜び、父親は怪訝そうにするだけで無言だった。両親との食事は苦痛だけれど肌には良さそうだったから我慢した。節約にもなった。パックという女子力アイテムを使えば、ザラブツの肌も触らず鏡も見ずに保湿ができるというメンヘラ大発明もした。ママは昼ご飯も作っておいてくれるようになり、三食「ママの手料理」を食べて合間にちょこちょこ過食した。

お風呂とパックはなるべくするようになったけど、次はまともな服がない。でも私には姉がいる。エリートの姉はNYに飛ばされその次はワシントンD.C.に飛ばされている最中だった。姉は出世に比例して体型もアメリカンサイズになっていて、お下がりのアルマーニのワンピースとかを「バカンスでカリブ海に行ったの♪」と書かれたポストカードと共に空輸してくれる、我が姉じゃなかったら確実にdisってる、いい感じに嫌みなバリキャリだ。デブ無職メンヘラにアルマーニはなかなかシュールだったけど、それしかおべべがないからそれを着た。弟の服は部屋着にしたので、ようやく「部屋着」と「外着」が出来た。

しかし後から「オサレってモテない」ということも知る。オサレな女って強そうで複雑そうで手に負えなそうって思われるらしい。オサレな姉は私より結婚が遅かったし。できちゃった結婚だし。でも暇さえあれば服買ってる親友は「「オサレはモテない」かもしれないけれど、少なくとも「オサレでない」よりはモテる」と言う。私は姉と親友の意見を検討して、男ウケに対して悟りを開くべく仏陀の「中道」を採用することにした。現代語に訳すと「無難」である。そのため私は婚活中にずーっといまいちイケてないモノトーンのコンサバワンピースだけを着て過ごした。だから今でも実家には3XL〜Mまで全てのサイズの白黒ワンピが揃っている。またいつ太るか怖くて捨てられないでいたけれど、最近マタニティで3XLを着た！　メンヘラに断捨離は向いていない。ミニマリストにならなくて良かった。

同じ理由で「派手な美人」がモテないこともわかった。そりゃクルーザーパーティーとか西麻布の会員制レストランとかではモテるけど、婚活には向いてない。私は「暗いブス」のままだが、勇気を出して風呂とか入ったし。両親とご飯食べたし。臆病な自分が嫌で嫌で、どうにか「おとなしいブス」辺りを目指そうと決めた。そして「汚い不美人」はやめて「清潔な不細工」であろうと、胸を張るようにした。そんなポーズをしてみると、何だかちょっとだけ勇気が出た。さらに清潔にはなっても垢抜けない私は産毛剃りもしてみた。垢抜けなさは残ったけどムダ毛は残さなかった。そして過食でボロボロになった歯も磨くようにして、精神科の次は歯医者に通い始めた。美容室は目の前が鏡だからハードルが高いが、歯医者は顔にガーゼタオルを掛けてくれるから少しは気が楽だった。

こうして、私は婚活すると決めた日から時々は寝込みながらも突っ走り続けた。過活動スイッチも入っていたのだろうが、それよりも自分という怪物から一刻も早く逃げ出したかったのだ。それで風呂に入って鏡を見てから、怒涛の勢いで自分のパッケージをメンテナンスしまくった。だって痛い。痛くて痛くてじっとしてはいられない。いちいち「太った」「肌が荒れた」「私ってもっと美人だったはず」その他多くのツライ気持ちは「死にたい」に集約されて湧き上がってくる。どの瞬間も死にたかったしどんな場面でもツラかった。嫌だったし怖かったし不安だった。それはもう感情というよりも「痛い」という身体感覚に近い。それでも私は婚活しなくちゃ生きてもいられないのだろうなってマジで思った。

私は白黒思考だから、0か100しかなくて動き続けたのだろう。でももっと言えば、まだ一人でジタバタと動きまくっているだけで誰とも関係性を紡いでいない私は、移動型の引きこもりに変わっただけだったのかもしれない。しかし動かずにはいられない。最高値の時間はあとちょっと。危機感と恐怖が襲ってくる。でも感情は勝手に湧いてくるものだ。そんなもんに構っていたら足が止まる。だから私は強迫的に男ウケする化粧や服装を勉強し続けた。ずーっと時間を止めて朝が私を連れていかない[33]ようにしていたつもりだったけど。明けない夜は最高の夜[34]だって、ツラくて怖くてヒリヒリしながら思い続けていたけれど。壊れて泣いたって朝はまた来る[35]って観念したのかもしれない。

そうやって私は、何とか自分を「綺麗なジャイアン」……じゃなくて「おとなしいブス」まで持って行き、「ブスが化粧すると「化粧したブス」なんだな」とか呟きながら、お外に出る回数を精神科と歯医者とコンビニと、少しずつ増やしていった。

33 湯原昌幸『時間を止めて』（1998）。「朝があなたを連れて行くのならば ねぇ このまま時間を止めて」の歌詞でおわかりの通り不倫歌謡曲。『時間を止めて』は、奈央&めいゆう・古内東子・コレクターズ、などなど色んな人が曲のタイトルにしてるし、スピッツもジャニーズも「時を止めて」「時計をとめて」って歌ってるんだから、一回くらい止めてよ神様。

34 シェークスピア『マクベス』&最果タヒ『夜空はいつでも最高密度の青色だ』。2回目。

35 DREAMS COME TRUE『朝がまた来る』（1999）。通称「ドリカム」の有名J-pop。最近、年下の子とカラオケに行くと「俺、結構ドリカムとか好きなんです！」って世代間ギャップを埋める接待をしてもらうんだけど、本当はドリカムって私の世代よりちょっと上。でも、何も言わずに付き合ってあげる。サンキュ。（byドリカム『サンキュ．』（1995））

SCENE 2

戦場のガールズライフ開幕？[36]

婚活戦線異常ばかり[37]

「月美ちゃんも先生に婚活しろって言われたんだって〜？　私も〜〜」と女らしすぎてＩＫＯさんのような話し方をする彼女に待合室で声をかけられた。私は同じ主治医のところに数年通っているので、それなりにおビョーキ仲間は居たし診察に行けば顔なじみとお喋りもした。

声をかけてくれた彼女は私より少し年上で働いてもいたし美人だし、何が病気なのかはわからなかったけれど、数年の精神科通いで「どんな人にも悩みはあるし見た目じゃ心の闇はわからない」とゆるふわな見識を得ていた私は彼女に「うん。そうだよ」とだけ答えた。彼女は他にも主治医に言われたことを色々話してくれていたけど、私は上の空で「私より高スペックな彼女にも婚活を勧めているということは、特に私に対して「君は結婚に向いている！　結婚すればすべてが治る！」的な想いがあったわけではなく、主治医の中で「婚活」

がブームなのだろうな。もう主治医も歳だし。患者のことを娘のように思って嫁に出したいのだろうな」と相対的な解釈と薄っすらとした絶望を感じていた。

「ねえ。月美ちゃん合コンしない？」

すごくよく聞こえた。ぼーっと聞き流していた彼女の話だが、そのフレーズだけは鼓膜が全霊で「ありがたや〜！」と躍動するほどよく聞こえた。「行く。お願いします。連れて行って！」即答する私に彼女は「いつが空いている？」と親切に聞いてくれたのだけれど「いつでも空いてる！　診察以外！」と自分でも情けなくなるような返答をこれまた即答し、どうにか合コンに連れて行ってもらった。よく考えたら合コンって夜だし。診察って昼だし。マジでいつでも空いていた。


当日、少しでも痩せて見えるように黒のワンピースを着て「遅くなるね」と告げると、「うん。うん」と娘に用事ができたことだけで感極まっているママは、もはや「お持ち帰り

36　小沢健二『戦場のボーイズ・ライフ』（１９９５）というJ-popからの、吉川トリコ『戦場のガールズライフ』（２００７）という小説。そして岡崎京子『岡崎京子　戦場のガールズ・ライフ』（２０１５）という本。岡崎のものには、小沢健二も特別寄稿している。この愛はメッセージ！

37　『就職戦線異状なし』（１９９０）。杉元伶一の小説で、織田裕二主演で映画化（１９９１）された。映画の主題歌は槇原敬之の『どんなときも。』！　マッキー!!

されちゃったから朝帰りするね」と深夜にラブホテルから電話をかけても赤飯を炊いて待っていそうな勢いだったけど、私だってすっごく期待して合コンに出かけた。

「女の子たちだけで先にお茶を飲んで打ち合わせよう」と合コンあるあるな作戦会議の喫茶店に行ったら、私を含めて5人いた女の子は全員同じ精神科に通っている子たちだった。つまり幹事の彼女はその社交性でもって精神科の待合室でメンバーを集めていて、私もその中の一人。診察の曜日が違うから知らない子もいたし、カウンセラーが一緒だから知っている子もいた。主治医の話や精神科内の噂話であっという間に待ち合わせ時間になってしまい「じゃあ、私たちは友達の友達ってことで！」と日本語の便利さに胡坐をかいた結論を出して、一同は合コンに向かった。


自己紹介タイムで私は名前と年齢と、本来なら職業を言うところなのだろうけれど、無職引きこもりだしと思って「趣味は食べることです！」と体型を見れば一同納得の「だろうね」という感想しか得られない発言をして終わった。お相手は公務員の方々で改めて幹事の彼女の社交性に感心しつつ何で精神科にいるのだろうと疑問に思いながらも会は始まった。

合コンに来たおビョーキ仲間の女の子たちは一様に真面目で気が利きすぎるほど利き、相手の話を聞くのも上手でつつがなく会は進んでいった。私は相手の話を聞くのが上手いわけではなく単に自分の話が出来ないだけなので「へー。ほー」と表記をアルファベットに変えればラッパーみたいな相槌を繰り返していた。そして私は下戸なのでずーっと烏龍茶を飲んでおり、出された料理は野菜しか食べず、絶対相手に「お前、家帰ってからめちゃくちゃ食うだろ」と思われていただろうけれど、お察しのとおり帰宅してから絶対スイートブール（ヤマザキから発売されている菓子パンで120円くらいなのに大きくてふわふわ。一個510kcal という別名カロリー爆弾）を過食してやろうと思っていた。

世間話ができない私は（だって世間がないし。私の世間は実家と精神科と菓子パンで出来ている し）何か喋らなくちゃいけなくなったら優秀な姉と弟の話をして虎の威を借る狐効果で自分も優秀に見えないかなって画策した。でもそんな私の権威主義が前面に押し出された隠し切れないコンプレックスの渦はますます私をつまらなく見せたみたいで誰も興味を示さなかった。

宴もたけなわ。お酒が進むにつれ女子たちも次第にガラスの仮面[38]が外れていき、真面目で気が利く聞き上手から自分の過去の暴露大会になったりして、その愛すべきクレイジーな様

38　美内すずえ『ガラスの仮面』（1976〜）。いまだ未完の伝説的少女漫画。私は義実家に帰ると何の役にも立てないから、義母に『ガラスの仮面』を貸されて、ずっと読んでる。夫がくれたバラは残念ながら「紫」ではなかった。

は男性陣をドン引きさせるには充分だった。最初は愛が生まれる日[39]を期待していたこの合コンも、公務員の彼らが普段見ることが出来ないユニークな女性たちへの見聞を広める会に変容していき、むしろ盛り上がった。私も『美味しんぼ』と『クッキングパパ』における現代日本の食の在り方、そして家族と食について熱く語り、結果三次会までやった。でもみんな終電で帰ったし誰も番号交換をしなかった。

数日過ぎても「幹事からメールアドレス教えてもらいました！　この前はどうも！」的な連絡が一切来なかったので、スイートブールを貪る代わりに固い全粒粉ブレッドと悔しさをガリリと噛んで[40]、また診察に出かけた。この頃から私は割と真面目に診察に行くようになる。主治医への信頼感がどうのというより、病院に行っている間は過食しないで済むことに気付いたからだ。しかも診察はかなり待たされるので家にいればコンビニを二往復しそうな時間をなんとかダイエットコーラとタバコでやり過ごした。ママも私が「診察に行ってくる」と言うと心から嬉しそうな解放されたような顔をした。

デイケア畑でつかまえて[41]

診察を待っている間は暇だから本を読んだり携帯を弄ったりしていたけど、何より同じく診察待ちのおビョーキ仲間と喋っているのが一番楽しかった。多分数カ月の引きこもりで私の人恋しさは限界を超えたのだと思う。引きこもっている間も寂しかったけど「太ったね」って言われるほうが嫌で誰にも会わなかった。でも一度会ってしまうと堰を切ったように寂しさが溢れ出し、精神科で誰かに会うことそして喋ることは私の終わりなき日常[42]で一番楽しいことだった。精神科の近くにある喫煙所はクレイジーな仲間たちの溜まり場になっており、そこで「誰々が入院した」だの噂話をしたり「彼氏に殴られて」だの悩み相談に乗ることが唯一の「世間」になっていった。

いつもは行かない土曜日にも、行くところがなくて私は精神科に出かけるようになった。

39 大内義昭・藤谷美和子『愛が生まれた日』（1994）。スナックとかで今でも歌われるデュエットソング。藤谷美和子は、1986年ごろ映画を途中降板したり、失踪したりした「元祖プッツン女優」。勝手にシンパシー。（byサザンオールスターズ『勝手にシンドバッド』（1978））

40 高村光太郎『智恵子抄』（1941）の「レモン哀歌」の一節「わたしの手からとつた一つのレモンを　あなたのきれいな歯ががりりと噛んだ」より。高村光太郎と智恵子は夫婦で、それぞれクリエイターなんだけど、高村光太郎だけ認められていき遂に智恵子は精神を病んで病棟に入る。高村光太郎の見舞いの手土産が包まれたその包装紙で智恵子は切り絵を作るのだが、大好きな人のためにただただ作るその切り絵が、智恵子の生涯作った作品の中で最も評価が高いという、何とも切ない実際の話。そして私は文壇で認められた高村光太郎の作品より、『智恵子抄』が最も美しいと思う。東京には空がない。あどけない空の話である。

41 J・D・サリンジャー『ライ麦畑でつかまえて』（1951）。原題『The Catcher in the Rye』。このままのタイトルで2006年に村上春樹により新訳も出た小説。小説自体は、そりゃ村上春樹訳が読みやすいんだけど、タイトルは『ライ麦畑でつかまえて』の方が言いやすいと思う。

42 宮台真司『終わりなき日常を生きろ』（1995）。社会学というものを一般に広めるきっかけにもなった書籍。中学のときに初めて読んで衝撃をうけたけど、新型コロナウイルスで、終わりなき日常が終わっちゃったことも衝撃だった。

土曜日は平日会社勤めの患者さんで溢れかえっており、精神科にも居場所はなく仕方なしに喫煙所に直行した。そこにはやっぱり診察待ちのおビョーキ仲間がいて、いつも通り「つらい」だの「死にたい」だのを天候の挨拶のごとく言い合った。そんな中隅っこに、誰とも喋らないけど確実に患者で、携帯をずっと弄っている彼がいた。

そのときの私たちおビョーキ仲間の共通言語は「日曜日をどうするか」だった。日曜は精神科もやっていないし、街には幸せそうなカップルや家族連れが溢れている。日曜まで自助グループっていうのもつまらないし、意識高い系の仲間は鉄板で「有識者たちが〝回復〟についてて話し合うシンポジウム」とやらに行くのだけれどシンポジウムって高いし。私たちのように意識も低ければ所得も低い（っていうか親の脛齧り）仲間たちはどこにも行くところがない日曜日を持て余していた。

クレイジーな仲間たちが他のクレイジーな話題で盛り上がり始めたので、私は彼に思い切って「日曜日って何してるんですか？」と聞いた。それまでワイワイガヤガヤお病気トークで盛り上がっていた勢いに任せたのだ。すると彼は「僕は車を持っているので明日お暇ならドライブに行きませんか」と一気に言った。初めて会った人に初めて言われた言葉がドライブデートのお誘いなんてクレイジーかイタリア人かの二択で冷静に考えなくても前者なのだけれど、絶賛婚活中！　何より寂しくてたまらない私は「行きます！」とこれまた即答し、翌日彼は本当に待ち合わせ場所まで車で迎えに来てくれた。

車の中で彼は「なぜ自分が精神科に行くようになったのか」を生い立ちから今の今まで語ってくれて、おかげで彼の年齢・職業・家族構成と最終学歴までわかったのだけれど、話が重すぎてどこをドライブしていたのかは最後までわからなかった。でも昼過ぎから始まったデートは夕方くらいになり、夕飯を食べて帰る頃にはなんとなく夜景とか見えて綺麗だった。彼は「連れて行きたいところがある」と今でもどこなのだか分からないのだけれど、郊外の丘に車を停めて私を連れ出し、こんもりとした丘の上で「付き合ってください」と言った。初対面→ドライブ→病歴告白→愛の告白という斬新な流れだったが、私は迷わず「はい！」と答えた。というか私は迷う余地も後先もない背水の陣だったので単純に嬉しかった。

二回目のデートは彼の実家だった。独り暮らしの彼は、離婚して広い実家を持て余している老いた母親を心配しており、私のことを「真剣に付き合っている女性だ」と紹介してくれた。彼の母親は「うちの子は病気だけれど」と彼のトリセツ[43]を教えてくれて、私たちの仲を応援してくれた。私も私で「任せてください！」なんて言って器の広い女を演出し、私の恰

43　西野カナ『トリセツ』（2015）。マーケティングの姫による J-pop。『トリセツ』は色んな人が替え歌を作っていたけど、私は「鶯谷デットボール（地雷系デリバリーヘルス）」の替え歌が一番好き。気になった人は YouTube で聞いてみてね♪

幅の良さはそれに説得力を与えたみたいだった。帰り際に彼の母親は「本当によろしくね」と私にパワーストーンをくれて彼はそれを「ネックレスにしなよ」と提案した。

　主治医に付き合い始めたことを報告すると「いいじゃないか！　結婚しな！　彼は真面目な男だ」と祝福してくれたけれど、私にはどうも患者二人をさっさと片づけたいようにしか見えず、何となく結婚……うーん。と思いながら、でも彼氏が居る日々を楽しんだ。彼はメールをすればすぐに連絡をくれたし「痩せすぎの子は好きじゃない」と言ってくれたし「俺の給料は低いけど」と謙虚で遠回しなプロポーズまでしてくれて私はかなり調子に乗った。でもまだうーん……って感じだった。

　私が引っかかっていたのは展開の早さではない。実家がパワーストーンまみれだったことでもない。彼がいつもいつも携帯を離さなかったことだ。私と居る間も、なんなら運転中も信号が赤の隙に。彼はいつも携帯を弄っていて、私が「何してるの？」と聞いても「友達とメール」とか「親とメール」とか言っていた。デート中でも何かにつけて母親から電話があったし、そんなものなのかと最初は思っていたけれど次第に確信した。この人、友達、いない。それなのに誰とメールしているのかと思ってしつこく聞くと彼は照れながらとある掲示板サイトを教えてくれた。要はネット上の掲示板にいつもいつも書き込みをしていたのだ。彼は後ろめたさは感じていなくて「見つかっちゃった！」みたいな照れだけしかなかった。

見つけて欲しかったのだと思う。

その掲示板を過去に遡ってROMってみると、私が喫煙所で声を掛けたそのときから書き込まれており、何て言うか2（5?）ちゃんねらー全開な文言と顔文字は懐かしの『電車男』を彷彿とさせた。私のことを「エルメスタソ」と書いてはいなかったものの「飯、どこか、頼む」に近い書き込みはごろごろありマジで引いた。婚活を始めてから「婚活　方法」とかでggったことはある私だが、出会い系サイトにアクセスしたことはなかった。私はいわゆる援助交際世代で、TVや学校で「ネットは怖いところです。安易に人と会ったりしないように」なんて発酵した説教が垂れ流された最初の世代だった。そのせいで私にはネットというものにかなりの不信感があり、そのせいでITリテラが低くその後も苦労するガラパゴス人間なのだけれど、その話はまたいつかってことで。要するに彼のことがキモチワルく[44]なっちゃったのだ。それってもう無理ってことだった。

私は彼を呼び出して別れを告げ、彼は彼で「二番目でも良いから」という見当外れな食い下がり方をして、それがまたキモチワルくてすっぱり別れた。主治医には残念がられ彼の母親には恨まれたけど、彼から連絡が来ることは二度となかったし件の掲示板も閉鎖されてい

44　二村ヒトシ『すべてはモテるためである』。2回目。やっぱ、キモチワルいのはダメみたいよ。ダメダメ（by日本エレキテル連合）。

た。

なんだかんだ結構いい男だったんじゃないかなって今は思う。でも後にその話をおビューキ仲間にしたら「私もそいつと付き合ったことあるよ！」って数人に言われたから、やっぱり結婚はしないで良かった。

パーティーピーポーに！　おれはなる！[45]

精神科で出会った彼との別れは私のネット嫌いに拍車を掛け「やっぱり出会い系サイトはやめておこう」とガラパゴスな結論を導き出し、さらに婚活がアナログになっていく。一番手っ取り早そうなのは結婚相談所に登録することだけど、その費用がない。両親は私の8年にも及ぶ壮大な大学生活のせいで、65歳を超えた今でも働き続けているし、さすがにもう頼めない。もちろん私が小学生の時から細々と貯め続けたお年玉貯金[46]も長年の過食で底を突いていた。私は「医療費プラスα」という名目で親から与えられる月数万円のお小遣いをやりくりしながらおにぎりを丸かじった。[47]

アルバイトと出会いを毎日探していたら「お見合いパーティー」というものがあるのを知って（当時は街婚も相席居酒屋もなかった）、私は一回数百円で参加できるお見合いパーティーとアルバイトの面接に精を出すこととなった。オカネを払えばこんな私でも出会いの場に行く権利を得られるような気がした。しかし「やる気」は誰にも負けないつもり（マジで人生崖っぷちだし）なのにことごとく敗れた。なんでだろう。誠実さをアピールするためアルバイトの面接でも「ウツで通院中ですが頑張って働きます！」ってハキハキ答えたのに。お見合いパーティーでも同様に正直な私♥をアピールしたが結果は惨敗だった。断られるたびに「これでまた区役所に行く理由が「入籍」から「生活保護申請」になる」と私は震え、どうか福祉課ではなく戸籍課に届けられますようにと、寝る前に東京タワーに祈った。東京タワーは我関せず、深夜0時ちょうどにイルミネーションを消したり消さなかったりして[48]、私が

45 尾田栄一郎『ONE PIECE』（1997〜）。超売れてる漫画。主人公の「海賊王に！　おれはなる！」より。チョッパーが可愛い。

46 安野モヨコ『ハッピー・マニア』（1996〜）。今年（2020）にまた『後ハッピーマニア』が刊行されて話題にもなっている漫画。主人公・重田カヨコに恋する高橋が、同棲の提案をして「小学時代からの郵便貯金が役に立つ時が来たんです」とどっかり言ったら、シゲタに「21歳 郵貯の男!!　こわすぎ!!」とドン引きされてた。

47 東海林さだお『あれも食いたいこれも食いたい』（1987〜）。週刊朝日の連載エッセイで、通称「丸かじりシリーズ」（単行本になるときに「〇〇の丸かじり」に改題される）。私はハッキリ言って、愛だの恋だの戦いだのスポーツだの話はルサンチマンが止まらなくなるので、過食のお供にこの「丸かじりシリーズ」をよく読む。そして思考がどんどんオヤジ化するのだが、一切疲れずに読めるので同著者の作品は全部読んでる。

48 弘兼憲史『島耕作シリーズ』（1983〜）。バブリーでトレンディな島耕作が様々な役職に就いたり又は若返ったり、どこまでも続いている漫画。伝説となっている「東京タワーキャンドル」というのがあって、島耕作はそのときの彼女にレストランでバースデーケーキを出すがローソクが一本足らない。そこで島耕作は、東京タワーの見える部屋に彼女を連れ出し、0時きっかりに消える東京タワーの明かりをローソクに見立てて消すという話。でも実際は地域住民でも謎なくらい、東京タワーって明かりが消える時間がいつも違うので、バブリーでトレンディな島耕作は多分、東京タワーにカネ払ったんだと思う。

じたばたするのを嘲笑っているのではなんて被害妄想に陥ったりもした。

お見合いパーティーに行くこと自体が私には高いハードルだった。恋愛より福祉寄りだし、何度もお見合いパーティーじゃなくて「もやい」に連絡したくなった。でも「もやい」は年齢制限ないから後回し。親が実家に私を飼ってくれている間は頑張ろうと、携帯で無料お試しコミックを読んでいたのを、今度は「東京　お見合いパーティー　安い」とかで検索するように。いくつかヒットして参加申し込みを済ませ、当日は昼には起きてもぞもぞと支度をし夕方から出かけた。５００円で行けるお見合いパーティーって実はそんなに多くなく、私は必死で探し、交通費とかも鑑みて、行けるパーティーにはほぼ全部出席するようにした。一つのパーティーに行くのにもやたら準備の時間が掛かる。なんせ毎日社会と触れ合っているＯＬさんとは違うのだから。こちとら社会の土俵にも上がっていない親の脛齧り虫[49]なのだから。

スポイルってこういうこと。私のことを「まだ本気出してないだけ[50]♪」って信じ続けてくれているママには申し訳ないけれど、本気も何も社会との接点すらこれから作るのだ。優しくて忙しいママはその愛情をもってして、生まれてこのかた私の力を根こそぎ奪ってくれていた。私は自分で自分の世話を何一つしなくてもこの歳まで生きてこられたし、何一つ出来ないまま「自分の好きなことを見つけなさい」と夢と希望と全共闘な捨て台詞で、社会に放置プレイされていた。そんなこんなで27ちゃい。社会と接する私を、まず作らなくては。

　お見合いパーティー前日には当然、お風呂に入らなくてはならない。入浴後も、翌日顔が浮腫むから、過食が出来ない。眠剤を流し込み「パーティーが終わったら過食」と唱えて眠りに就く。昼間くらいに起きて顔を洗う。ここでも過食したくなる気持ちを堪えてママが用意してくれたご飯（ブランチディナーと名付けた謎時間の食事）を食べ化粧を始める。

　というか、その前に顔の毛を剃らないと口の周りに髭が生えていたり眉毛が繋がっていたりする。ようやく化粧開始。引きこもる前に買った消費期限が切れている化粧品で丹念に顔を造る。流行のメイクとか知らないし毎日化粧をしている訳じゃないから図書館で借りてきた雑誌をみて一時間くらい掛けて完了する。

　髪の毛は、美容院なんて怖すぎていけないから、伸びきった髪をとりあえず巻いてみる。アママの補正下着を借りてコルセットのように身体を締め付けて姉のお下がりの服を着る。

49 おしりかじり虫『おしりかじり虫』（2007）。NHK『みんなのうた』で放送されていた曲。原案・監督・作詞・作曲・アニメーションの担当は、経済産業省認定スーパークリエータの、「うるまでるび」というご夫婦ユニット。「うるまでるび」は『ウゴウゴルーガ』（1992〜1994）のアニメーションとかも手掛けてたよ。

50 青野春秋『俺はまだ本気出してないだけ』（2007〜2012）。これは映画化もされて有名な漫画だけど、私は青野作品なら『スラップスティック』（2013）の方が好き。表紙に題名よりも大きく「血がつながってないとダメなの?」と書かれた〝家族〟の物語。

メリカンサイズの黒ワンピースを着てから、また姉のお下がりアクセサリーをじゃらじゃら付ける。バッグには化粧品にハンカチ・ティッシュと女子力担当グッズ。そして大切な耳栓にアロマ入りのハンドクリーム、ペットボトルの水にミルク飴といったメンヘラ担当グッズ。あとは財布に携帯にタバコを入れて出かけた。

数時間しかない外出のためにバッグはいつもぱんぱんだったけれど、その重みは私に「足りている」って感覚を与えてくれて少し安心した。ヒールを履いて174cmの身長が180cmを超えて、いざお見合いパーティーへ。

変えられるものは変えていく勇気を。変わるものはアンケートカードで[51]

会場にはいつも30分前には到着していた。壊滅的に方向音痴な私は、Googleマップを開いて、携帯を進行方向にぐるぐる回し、Googleも自分も混乱させて何とか辿り着く。会場に到着したらしたで、パニック発作が起きそうになったときに駆け込めるトイレの場所を確認しておかなければならなかった。トイレに入ったら完璧主義と不安が相乗して念入りに服の埃を払ったり「大丈夫。私ってカワイイ。一周回って超カワイイ」とぶつぶつ唱えてみたりしなければ着席できなかったので、どんなに早く着いても時間は足りなかった。

ようやく耳栓を外しハンドクリームをこってり塗って着席した私は、鬼気迫るものがあっただろうけれど実際に危機は迫っていたのだからしょうがない。お見合いパーティーの前半「自己紹介タイム」と呼ばれる男性側が回転寿司のようにぐるぐると回ってくるのに圧倒され、後半の「フリートーク」と呼ばれる各自が自由にお話しできる時間で私は壁の花にさえなれなかった。トイレの神様[52]だった。もちろん誰からも選ばれずに一人でぽつんと席に座るのが怖いという気持ちもあった。しかしそれよりも補正下着で締め付けた身体に限界が来ていたのである。「あぁ、これはあと少しでパニック発作が起きるな」と長年のメンヘラ経験値により判断した私は、トイレに籠もって補正下着を外し、水を飲んで耳栓を締め、飴をなめながらアロマの香りをかいだ。もちろん「平安の祈り」と呼ばれる「神様、私にお与え下さい。自分に変えられないものを受け入れる落ち着きを。変えられるものは変えていく勇気を。その二つを見分ける賢さを」という自助グループでは鉄板の祈りを音読するのも忘れなかった。よく会場係に通報されなかったなと思うが、たまたまトイレに入った素敵女子は私

51 Master CardのCM「お金で買えない価値がある。買えるものはマスターカードで」より。最近は何でもネットで買えるけど、眠剤飲んで酔いどれネットショッピングは本当に危険だから気を付けてね！

52 植村花菜『トイレの神様』（2010）。今なら炎上しそうな、「べっぴんさんになるためにはトイレ掃除しろ」って言ってたおばあちゃんとの思い出を歌ったJ-pop。でもさ、それなら幸田露伴が幸田文に伝えたしつけや家事って、超炎上しそうだよね。幸田露伴は明治時代の小説家で、後に再婚はしているけど、いわゆるイクメンシングルファザー。しつけや家事が厳し過ぎて禅問答の域。

の念仏を聞いて急いでドアを閉めるという非常に人道的な扱いをしてくれるに留まった。

変えられるものは変えていく勇気を持った私は次回から補正下着を止めた。どうせカップルになった人と一夜を♥なんて展開も見込めないので堂々とスポブラに臍上ババパンという英断をした。ごってりと化粧してぐりんぐりんに髪の毛を巻いた私はスポブラにババパンのオスカル様[53]だった。ルネッサーンス！[54]と勢い付けて果敢にお見合いパーティーに挑んだ。

英断とメンヘラ担当グッズのおかげで次第にパーティーの最後まで居られるようになった。すると途中退場していたときは知らなかったシステムが私を勇気づけることになる。それが「中間発表」だ。中間発表とは前半で「何番の方が気に入りました」というアンケート用紙を出すことによってパーティーの途中で係の人から紙を渡され、そこには「何番の人があなたを気に入っているらしいですよ」と記入されており、カップルのマッチング成功率を上げるインセンティブなシステムのことだ。今ならＡＫＢみたいとはしゃげるが当時は国民総背番号制な無機質感があった。

でも、私にはこれが凄く嬉しかったのだ。だってその紙をもらえたから。会場に何十人も居て全然人気者になれなくても、最終的に選ばれなくても、この中間発表は「日本のどこかに私を待ってる人がいる」山口百恵よろしく私を強く勇気づけるものだった。たった一人でも良い。「やっぱりやーめた」と最後に選ばなくて良い。もしかしたら番号を間違えたのかも知れない。それでも私には貴重な清き一票で。アダルトチルドレンセラピーで「ありのままの自分を受け入れよう」とアファメーションを聴くよりずっと「誰かに必要とされている」「認められている」ってリアルにグッと実感できたのだ。私にはまだ女の市場価値とやらが残されているかもって思った。

思い込みが激しく歪んだ承認欲求に支配された私はパーティーに出続ける。「変えられるものを変えていく勇気」とやらで初対面の男性に「化粧濃いですね」と言われれば余計なお世話だと思ったけど次回から薄くした。周りを見渡す余裕も出てきて参加している女の子たちを見ると喪服みたいに真っ黒な服を着ているのは私だけだったので、膨張して見えるのが怖かったけど、勇気を出して白のワンピースを着るようにした。少しずつカスタマイズされた私は中間発表で一票だけじゃなく二票取れるようになり、次第に「メッセージカード」と呼ばれる男性のメールアドレスを書いた紙までもらえるようになった。

背水の陣で強迫的に出続けたパーティーだったが一度「認められたっぽい」甘美な体験を

53 池田理代子『ベルサイユのばら』（1972〜1973）。通称『ベルばら』と呼ばれる少女漫画。主人公、男装の麗人がオスカル。舞台はフランス革命。身長は178㎝で長い巻き髪が特徴。アンドレっていう登場人物に「放ったらかしの好き勝手な方向に向いている髪」って言われてたけど、当時の私はそんな感じで放ったらかし。

54 『ベルばら』にかけた「再生」を意味するフランス語「ルネサンス」。って言いたいところだけど、お笑いコンビ「髭男爵」のギャグ。

した私は依存症の性、パーティー中毒になった。番号を交換した相手に「お見パ女」と登録されていたけど。「過食引きこもり女」よりはマシだし（多分）。常連の私は同じく常連の男性に「そろそろお互いで手を打ちませんかね」とか言われながらも、次第にもっともっと刺激を求めるようになった。

狙うは、レインボーでもシルバー世代でもなく、銀色のキャップ

ダイエットも兼ねて通い出した芝公園プールは、老舗のハッテン場だったから女性はすごくピースフルに利用できるのだけれど、私はそんな平和は求めていなかったので、親にもう何度目か価値のなくなった土下座をして民間の会員制ジムのプールに通った。プールなら私の体重でも膝を壊さないで済む。平日の昼間はおじいちゃんおばあちゃんが水中歩行に勤しんでいてこれまたピースフルだったのだけど、早朝は違った。意識高い系ビジネスパーソンが「お前らは止まったら死ぬマグロかよ」ってくらいに勢いよく泳いでいた。週末になるとその数はグッと減るが就職経験のない私でもわかった。土日まで泳ぎに来ている男性は独身なのだと。意識高い系ビジネスパーソンだからこそ既婚者は週末を家族サービスにあてているのだと。

そこで私は週末には頑張って早起きしてプールに出かけた。お見合いパーティーと平安の祈りで、向こう見ずな勇気だけを身に付けた私は水の中でキョロキョロ周りを見て何とかナンパしてもらおうと頑張った。「意識高いレーン」と呼びたくなるような一方通行の速い人専用レーンにのそのそと入水した。派手な（殆どの色がシルバーで目が眩む）speedo社製のスイムキャップにゴーグル、例外なくブーメランパンツで泳ぐ彼らはマジで新種のマグロだろと思ったけれど邪魔にならないように一生懸命泳いだ。25mを泳ぐのが限界で彼らに「すいません。お先にどうぞ」と謝るときしか私と彼らの接点はなかった。平日昼間ならおじいちゃんが「おや。ダイエットかい?」と悪意はゼロで私を傷つける声を、頼まなくてもかけてくれるのに。

プールのおかげで少しはマシになってきた体型に気をよくした私は反旗を翻す。「すいません。お先にどうぞ」を英語で言うことにしたのである。英語は家でggった。どうやら「Sorry. After you please.」と言うらしかった。英語は間違っているかも知れないけれど、というか勇気の出し方は完全に間違えているのだけれど、その後に続ける文言は日本語で適切だった。「失礼！　海外の方かと思いました」と2周目にレーンを譲るとき付け加えたのである。こんな奇行に気をよくするビジネスパーソンも数人いて、その中のさらに数人はトレーニング後のお茶に誘ってくれた。私は意識高い系の白人コンプレックスぶりに感謝して、すぐさまプールから上がり身だしなみを整えた。明らかにトレーニングよりお茶目当てな格好で更衣室前に張り付く私に、彼らはしっかり引きつつもデカフェとかジュースクレンズとかを飲みに連れて行ってくれた。結果、彼らと私との間に共通言語なんてなく、そもそも「何をしている人ですか」という当然の問いに答えられない私は、きまずくジュースを啜り「じゃあ、またプールで」と番号の交換もなしに別れた。でもこのプール大作戦は私に「ナンパされた！」という無理矢理だけれど成功体験っぽい感覚と、それなりに引き締まった身体を与えた。

逆ナンなんてなんのその。勘違いが世界を救う

どこまでも思い込みが激しく調子に乗った私は次に「逆ナン」を試みた。急に人と会いまくってエンドルフィンだかドーパミンだかよくわからない変な汁が脳から出まくっていた私は愚行だか奇行だかを繰り返しまくっていた。このまま一人っきりでお金もないまま実家から追い出されてしまうことがどうしようもなく怖くて不安で、その焦りが私の強迫的婚活に拍車を掛けた。婚活になっていたかどうかすら怪しいけれど。

逆ナンの場所はどこでも良かったし手当たり次第声を掛けてみて手当たり次第失敗した。

でも多くの人は罵声を浴びせたりするほど私と関わろうとせず、大体「なんだこの女」って表情をするだけでそそくさと逃げるから精神的ダメージはそんなでもなかった。

よく「ナンパなんて勇気が要る」とか「断られたらキツイ」とか聞くけど、そもそも私の場合、失敗したところで失う自尊心も持ち合わせていなかった。対人恐怖の病名は付いているが、対人恐怖って実は初対面に強い。相手と人間関係が出来ていないからだ。関係性が出来てくると、嫌われるのが怖かったり相手を失うのが怖かったりして、しがみついたり振られる前に振ったりする。逆ナンなんて人間関係を作らせて頂くお願いだけど、ほぼお断りされるので私は断られると少しホッとしたりもした。壺や絵画を売る女性ほどにスペックが高くなかった私は男性に声を掛けると大体無視されて、たまに宗教の勧誘と間違われていた。

でもなんか成功っぽかったときもある。それは駅のホームで電車を待っているときにイケてるTシャツを着たお兄さんに声を掛けたとき。そのTシャツにはでっかく「ZEN」って書いてあって、パンダが組み手をしているイラストと「ZEN」とは何かについて英語で細かく書いてあったけれど英語は分からないから「パンダかわいいな」と思った。突然私に「素敵なTシャツですね」と声を掛けられたお兄さんは、これはどっかの古着屋で買ったのだけれどどこにょごにょと言っていて、でもTシャツの出自がわかったのに離れようとしない私におぉ逆ナンか！とすぐ見抜いてくれたみたいで、とりあえず待っていた電車が来たから一緒に乗ろうと、ご親切なようで当たり前な提案をしてくれて電車の中で少し話した。お互いの目的駅が「新宿」でお兄さんは髪を切りに行くのだけれど美容室の予約まで時間があるから服を見るつもりだったけど良かったらお茶でも飲まないか、とまで仰ってくださった。私は高校時代の5年ぶりくらいに連絡が取れた女友達に（しかもFB経由）「どうか合コンを開催してください」と厚顔無恥なお願いをしに行くところで、例によって早めに向かっていたので「30分だけなら良いですよ」と答え新宿で30分お茶をした。

何を話したか忘れたし会計が割り勘だったことしか覚えてない。でもこの30分間のティーパーティーは私をボストンではなく新宿で革命に導いた。「逆ナンが成功した！　しかも向こうからお茶に誘ってくれて！　それで私は「30分だけなら良いですよ」だって！　私ってば、イイ女みたい!!」と脳からどんどん変な汁が溢れ出た。どう考えてもお兄さんは好奇心旺盛な人でホームなんかで声を掛けてくる変な女に好奇の「奇」を検証するべくお茶に誘ってくれたのだろうけれど、当時の私には自分が「いっちょまえの女」しかも「イイ女」という漠然とした定義に当てはまった気がして脳から汁は出るわ鼻は天狗に伸びるわ状態だった。5年ぶりに会った女友達には日頃の不義理を怒られ「ちゃんとしなさい」という仰る通り過ぎる正しい説教をされて、それでもやっぱり優しい彼女は焼き鳥を奢ってくれた。合コンは開催されなかった。

なんとなく、ヒルズ族[55]

私はトリッキーな行為を繰り返しながら人が集まるところに出続けた。東京タワーのお膝元にある実家からは六本木ヒルズが近くて、アリーナで開催される無料のイベントはしょっちゅう行った。今までは人が大勢いるところなんてピアサポート（自助グループのコンベンション）くらいしか行かなかったし、ヒルズなんてリア充の巣窟だと思っていたけれどママが一緒に行ってくれた。

「六本木ヒルズ朝の太極拳」。要は朝イチに公園でやっているラジオ体操をヒルズでお洒落にアレンジしたもの。家族の中で誰よりも情報リテラの高いママはすぐにこのイベントをキャッチし、ついでに娘のメンタルヘルスも鍛えようと三島由紀夫[56]みたいなことを企んだ。朝イチはきついけどママと一緒だし、2週間だけだしと思って参加してみたら、その夏はバテ

55 田中康夫『なんとなく、クリスタル』（1981）。第17回文藝賞受賞のポストモダン小説。略称『なんクリ』。この物語編に註が多過ぎると思っている人がいるかもしれないけど『なんクリ』には註が442個！

56 自衛隊市ヶ谷駐屯地で演説した後、割腹自殺した小説家。三島は『小説家の休暇』（1955）の中で「太宰のもっていた性格的欠陥は、少なくともその半分が、冷水摩擦や器械体操や規則的な生活で治されるはずだった」と太宰治（1909〜1948）について記した。私も半分は同意するけど、もう半分は「でも太宰にはヒモになる才能があるから別にいいじゃん」って思ってる。今年（2020）で三島は没後50年。

ることがなかった。いつもは夏と言ったらアイスにジュースに冷やし中華でバテても食欲だけは衰えずむちむちになっていく私だが（冬は今でも冬眠するためむくむくになる）、朝に太極拳をやった後はそれなりに引きこもらず動けた。

「やっぱ人間、身体に良いことしなきゃダメだよね」と喫煙所でタバコを吸う言動不一致な私は集まった人の中でひときわ若かった。そもそも地域住民のためのサービスイベントだし早朝からヒルズで太極拳をするって、近くに住んでいる「もう体力なくて逆に3時とかに起きちゃう！」みたいなご老人しか居ないのだけれど。ここでは若者にカウントされているみたいだし、頑張って通った。きっとそんな健気な私を見た地主のおじいちゃんに「うちの孫と結婚してやってくれないか」と声を掛けられるはずだ。と毎朝フルメイクでヒルズに通ったけれど、たまにおばあちゃんが連れてきた犬に吠えられるくらいで、平穏無事にママと帰って運動後のおいしい朝食を食べた。食事がおいしいなんて感じたのは久々だったから、おじいちゃんに「老後の遺産を託したい」とか言われなかったけど、まぁいいやってことにした。

少しずつ少しずつ私は精神科以外の人と繋がるようになり、大いなる勘違いと向こう見ずな勇気のおかげで、色んな人の話を聞いたり色んな人と喋ったり出来るようになった。これが境界性人格障害の本領発揮というか、他人とのボーダーなんてぶっ壊れてた（いつもご迷惑おかけしております。現在も工事中です)。

そして人と会うハードルは少しずつ下がり、でも欲はどんどん膨らみ、ママが作ったご飯をサラダボールにぶち込んで頬張りながら、ようやく得た男性のメールアドレスには片っ端から連絡した。お見合いパーティーで奇跡的にもらえたメッセージカードはもちろん、太極拳で知り合った喜寿のおばあちゃんの家電にまで電話し、留守番電話にメッセージを吹き込んだ。ほとんどは無視され、たまに返信が来たらBOTのようにすぐさま返した。

おかげで「今度食事でもどうですか」という奇特な人も現れ、どっかの居酒屋のように「はい！　喜んで！」と返し、ようやくデートの約束にこぎ着けた。私はここまで来るのに皆様にかけたご迷惑なんてすっかり忘れて「私！　よく頑張った！」と自分で自分を懐かしの有森選手さながら褒めた。そして懐かしの千代の富士さながら「体力の限界」が来ないように、なるべくいっぱい寝た。お見合いパーティーにナンパに逆ナン。プールに太極拳と過活動だったせいで週に2日は完全に引きこもって過食した。でも前よりは眠れるようになっていて前よりはコンビニに行く回数も減っていた。周りには「また月美がおかしくなった」って笑われたけれど、笑われているのが実感できるくらいには周りに人が居てくれるようになっていた。

SCENE 3

闇なのにデートもしないの？[57]

困難な結婚[58]どころか困難なデート

デートのプランは全て相手にお任せした。せっかくこぎ着けたデートを私の無教養でふいにしたくなかった。だって私が一番したいデートは平日の昼間で（暇だから）ご飯はビュッフェがいいし（好きなものだけを好きなだけ食べられるから）その後はカラオケでＴＫ[59]縛り（世代だから）という、もろニートなものだったから。

お任せすると大体の人は夕方仕事帰りに軽くご飯に行きませんかって感じで、私はまた昼過ぎに起きて夕方までに身支度を整えまくった。パーティーの時と違うのは相手が私ばっかり見ていることと途中退席出来ないことだ。何それ怖い。[60]「いざとなったら他界した祖父にもう一回死んでもらおう」と不謹慎なドタキャン、バックレの言い訳を考えながら私の重たいバッグはさらに重たくなっていった。いつもの女子力＆メンヘラ担当グッズに加え、化粧品も下地から持って行くことに決め、お店が寒かったらとストールを羽織って、胸はパット詰め放題。「待ち合わせでは知的な子を演出したい」と読みもしない小説もねじ込んで、悲惨な結果に終わっても相手をつけ回したりしないよう「いのちの電話」と「よりそいホットライン」と「自殺防止ダイヤル」の全国版一覧表も持って行った。バッグの中身は不安の量に比例する。摂食障害者と大阪のおばちゃんはいつも持っている安心の味、ミルクの飴を舐めながら、喧噪でパニック発作が起きないように耳栓を付けて待ち合わせに向かう。マスクもサングラスもしたいところだが不審者過ぎるし化粧が崩れるからなし。当時は感染対策よりパニック対策。

待ち合わせ場所に着いたら近くの喫煙所で思いっきりタバコを吸った後、用意していたリセッシュで匂いを消して香水をふる。L'OCCITANEやPLAZAでごりごりにハンドだけでなくボディにもクリームを塗り込んで、ドラッグストアで化粧を直す。家出JK時代から行

57 PIZZICATO FIVE『baby portable rock』（1996）。メンバーの人数がよく変わるけど、このときは野宮真貴と小西康陽によるキュートなJ-pop。歌詞の「春なのにデートもしないの?」より。私のクラブデビューは中学のとき。夜中にこっそり家を抜け出して、代官山に行き、小西康陽のDJプレイを見た。でも特に派手なイベントでもなかったから「小汚いおっさんがよくわかんない曲かけてるな」という感想のみで終わった。

58 内田樹『困難な結婚』（2016）。上流階級向けの結婚論を質問に答える形で述べている本。

59 もちろん小室哲哉のことなんだけど、私の世代には小林武史も数多くのヒット曲をプロデュースしていて、そっちも「TK」なんだよね。

60 2ちゃんねる「ポイントカードのコピペ」。店員さんと僕がポイントカードを巡るやり取りですれ違うんだけど、アンジャッシュのコントと元ネタはどっちが先なの?

動様式変わらず。もうこれ以上は重力的にピエロ！[61]ってくらい睫毛を伸ばしたら、近くのトイレに駆け込んで自前の化粧品でさらにメイクを直し髪も直す。最初はコテも持参してたけどあまりに重いのとそんなにコンセントって外にないから次第に家に置くように。おビョーキ仲間に「今からデートです！　緊張しています！」と一方的なメールを送りつけまくって返信も見ずにまたバッグに携帯を放り込む。補正下着は外してきたし、水をごくりと飲んで「私はリラックスしている私はリラックスしている」とリラックスしている人は絶対に言わない文言を唱えながら時計を見る。1時間前に着いたのにもう10分前。今までの準備を台無しにするほど走って待ち合わせ場所に行く。既に帰りたいほど疲弊してデートに臨んだ。

　デートなんてエンタメ感のある面接としか思えなくて、不安で不安で何かしてないと居られなかった。「もっともっと」いくら頑張っても受け入れられるとも思えなくて、私は「もっともっともっと」頑張って、それでようやく相手に会った。私が好きな相手じゃなくて、私を好きになってくれるかもしれない相手に。問題は私の気持ちなんかじゃない。いつだって「誰か私にＯＫ出してください」それしかなかった。ＯＫ出してもらえるのなら痩せます。髪も伸ばします。膝丈スカートも穿きます。ピンク色のハンカチと手作りのティッシュケースも持ちます。ずーっとそうやって来たんだもん。今はデブで無職でメンヘラだけれど「結婚相手」という私史上最大のOKを出して頂けるのなら、私は私である必要なんてなかった。

デート相手は、大荷物を抱え汗ばみながらかろうじて小説を握りしめている私に「なんか忙しそうですね」とザックリ引き気味の感想を述べて食事処に連れて行ってくれた。安いところもあれば高いところもあったし、しっとり静かなところもがやがやと賑わうところもあった。でも私は目の前の相手しか見てなかったから、どんな店でも変わりはなかった。しいていえば、居酒屋みたいなところの方が私の「OK食材」が豊富でかつ好きなように頼めたから有り難かった。洋食のフレンチやイタリアンは「アペタイザーって何？」とか「チョリソーの後にチキンのグリル焼きを頼んでも変じゃないのか」とか悩まなきゃいけなかったし。月島でもんじゃ♪みたいな展開は合コン慣れしてる酒好き女子にはいいのかも知れないけれど。私がもんじゃって似合いすぎるような気もしたし、酒飲まないし。サラダを取り分けるのも出来ないのに「土手作りますね」はハードル高すぎるだろと思って「何が食べたい？」と聞かれたら「和食」と答えるようにしていた。

お店のURLとか送られても絶対迷う。なんとか遅刻しないように辿り着いても、開店前

61 伊坂幸太郎『重力ピエロ』（2003）。グラフィティアートが出てくる映画化もされた小説。今じゃみんなバンクシーの話しかしないけど私が十代の頃はまだグラフィティアートってそこら辺にあった。文字通りのストリートアートってもうなくなっちゃうのかな、清潔でご立派なストリートアートって矛盾だよなって、2019年にバスキア展を六本木ヒルズの森アーツセンターギャラリーに見に行ったときにも思った。

の掃除しているお店の人にテンパってる姿を見られる。だからなるべく駅とかで待ち合わせして連れて行ってもらうようにした。

　お店に到着したら、まずトイレの位置を確認。何かあったらすぐにでもあそこに逃げ込もう。過呼吸になるまえにトイレに座ってブラを外そう。そして水を飲んでフラッシュバック防止に今日の年月日を確認するんだよね！　店の雰囲気を味わうって何ソレおいしいの？それより初めて来た場所で無事に2時間くらいを過ごせるかどうかだ。

　デート相手はそんな私の必死さを気にも留めずメニューをめくり「飲み物何にする？」と聞いた。来た！　第一の関門！　私は下戸なのだ。下戸でごめんなさい！　いい大人が食事に誘われて酒も飲めずにごめんなさい。「私なんかと過ごしてもらって本当にごめんなさい」が首をもたげてくる。お酒なんて飲みたい人が勝手に飲めば良くて飲めない人だって酒席に行く権利はある。そんな当然のことが当然と思えない。「実は母方から続く下戸でして……。でも、あの、私に構わず好きなだけ飲んでください……」と烏龍茶を頼む前にごにょごにょ言う。誰も血筋なんて聞いてねーよ。言われなくても好きに飲むよ。なのだが、なんとなく下戸なのが悪い気がしてごめんなさいごめんなさいって気分になって、やっぱりごにょごにょ言ってしまう。最初の一杯を頼んだ時点でトイレに行きたい。まだ何も飲んでないのに。

孤立のグルメ。[62] わたし何食べたい？[63]

次の関門！「何食べる？」である。私は今でもこれが苦手だ。摂食障害者には各人の「OK食材」と「NG食材」があり、それはベジタリアン～ヴィーガンのように専門家でも解らない当事者だけのグラデーションがある。例えば肉は一切NGのAちゃん・肉も魚もいけるけど炭水化物が全てNGなBちゃん・肉魚卵乳製品までNGで葉っぱと豆と米で生きているCちゃんなど。しかもこのグラデーションは気分で変動もあるため人と食事するのが凄く大変である。だから「〇〇定食」みたいなワンプレートはそれがヴィーガン対応の総オーガニック、雑穀米♪じゃない限り避けたいし、コース料理も逃げ道がなくなる。

だからこそ摂食障害者同士の飲み会は安い居酒屋で各々が自由に枝豆をひたすら食べていたり、ざく切りキャベツを気付いたら一玉分食べていたり、山盛りポテトフライが一人一皿配られていたりする。が、やはりデートでそれは出来ない。「とりあえずサラダ♪」と巷の

62　久住昌之原作・原案、谷口ジロー作画『孤独のグルメ』（1994～2015）。テレビ東京系連続ドラマにもなった漫画。ドラマ版で主人公・五郎を演じる松重豊は元々お酒好き。だから主人公が下戸な設定のこの役を演じるのが最初はツラかったらしい。でも五郎役を演じているうちに自身も酒をやめている。

63　よしながふみ『きのう何食べた？』（2007～）。テレビ東京系ドラマにもなった人気料理漫画。主人公「シロさん」の作る麺つゆ率高めな献立には、実際に料理を日常のものとして愛していく姿が表れていて、そこにゲイカップルの日常のLOVEが重なるすごく素敵な作品。

女子はもうあんまりサラダを食べないらしいぞ。なんてことはもちろん知らない私は自分が食べられる且つデートにふさわしいっぽい料理を探すためにメニュー表を熟読していた。どうやらメニュー表とはカップルが二人で見てキャハハと注文するものであるらしいことは、もっと後に知る。

メニューから自分が人前で食べられるものを洗い出すとほぼ「おつまみ」が並ぶ。トマトの輪切り・キュウリの酢の物・冷や奴・もずく……。相手は私が下戸なくせにつまみばかり頼み、それらが全て腹に溜まりそうもなく、しかも冷えそうなメニューを羅列するのをいぶかしんだ後、焼き鳥とかほっけとか唐揚げとかを追加してくれた。そんなこんなで一杯目到着。かんぱーいと私はグラスを一気に飲み干す。私の葛藤を知らない相手は「烏龍茶なのにビールみたいに飲むね」と笑ってくれるのだが、こっちはハハハと乾いた笑いを返すしかない。ここまで辿り着いた自分に乾杯。

家では好きなものを好きなだけ食べていた。この頃は、コンビニ過食は減ったけれどOK食材過食は続いていていて。サラダボールに野菜炒めと鶏のささみと納豆を玄米と一緒に投入して、それらをスプーンでかっ込んでいた。身体に良さそうでいっぱい食べても罪悪感が薄い物。それらを頬張る私の姿は餌を与えられたゴリラなのだけれど、安心して食べられた。だからお外で無駄なカロリーは摂りたくなかった。おうちでもしゃもしゃ餌食うために。

そんな煩悩丸出しボディの私が禅僧みたいな食べ物しか頼まないのは、摂食障害者的には当然なのだけれど相手には疑問で。まぁダイエット中なんだろ、見るからに。とあんまり触れないでくれた。だから食に関する話題も弾まない。何を食べたらいいのかわからないし、自分ルールもあるし。どれだけ食べたらいいのかもわからなかった。いつも「物理的に胃がはち切れそうになるまで」が食事の終わりだから満腹ってそういうことで、だからこそ一人じゃないと得られないものでもあった。緊張して全然食べられないような気もする。逆にはち切れそうになるまで食べられちゃう気もする。私は原価5倍増しくらいの値段の冷や奴をずっとつついていた。はートイレに行きたい。

　トイレに行って化粧を直す。携帯を見ると心優しきおビョーキ仲間から「月美ちゃん！ファイト☆」なんて返信がある。てんぱりすぎて自分からメールしたくせに「人ごとだと思って！」と理不尽ないらだちを感じたりして席に戻る。それで、なんだっけ。

　プロフィールは「仕事は実家が会社をやっているので、それを手伝っています」と言い張っていた。父親が社長でママが専務の二人だけの会社だけれど。アパートの一室を事務所にして夫婦ひしめき合ってフランス語の翻訳をしているから物理的にも私の入る隙はないのだけれど。もっと言うと、事務所と実家が近すぎて、父親は「くつろげるから」という理由で白のタンクトップにステテコで仕事をしているし、ママは「安上がりだから」という理由でお昼になったら実家に帰って来て炒飯とか作って私と一緒に食べているのだけれど。

でも！　たまに「テーブルの上に書類忘れたから事務所に持ってきて」とか言われて持って行くこともあるし（メッセンジャー？）、本を買ったら領収書は会社の名前にして経費で落ちるようにするし（経理？）、夕食時にいかにうちの翻訳事務所が潰れそうかって愚痴も聞くし（秘書？）。だから経歴を詐称したとは今でも思っていない。

思い重くて即振られ[65]

仕事についても食事についてもあまり語らない私に男性たちの多くは自分の仕事の話をした。けど営業職の苦労も中間管理職の苦悩も全然解らないし興味もなかったから「早く年収が幾らでどんな相手と結婚したいのか教えてくれないかな」って思っていた。

私はこの時期に、自称宇宙飛行士から商店街の米屋の長男まで、人生で一番多くの人とデートをしたけど、2回目を誘ってくれる人は少なかった。3回目はほとんどなかった。その理由が今ではよく分かるが、当時は被害妄想を炸裂させていた。

その理由ってのは、私がデートで「私の話」を全くしなかったからだ。出来なかったし、したくもなかった。私にはもっとしたい話があったから。エリートの姉は出世コースを走り続けていること。周りから「プリンセス雅子の再来」と呼ばれ、結婚していなくても皇室に入る苦労よりはいいよねなんて言われちゃっていること。麻生太郎の横で微笑む美しすぎる姉は妾にしか見えなかったこと。弟は身長が188㎝もあってKOのアメフト部出身。要領の良さと体育会系上がりのコミュ力を活かして営業アウトソーシングの会社を立ち上げ、オフィスはミッドタウン。「次世代のホリエモン」としてNHKや日経に取り上げられファンクラブまであること。親友は高校からの腐れ縁で、ギャルなくせに大学院とか行ってバリキャリになり、育ちも頭脳もなんかとてつもなくスゲーこと。

私の周りには私なんかより魅力的で有能な人が溢れていたし、その人たちの話は私の話なんかよりずっとおもしろいと思っていたし、そんな人たちに囲まれて何者でもない私なんかでごめんなさいって思いと、でも私の周りにはこんなに素晴らしい人たちがいるのよって自

64 赤塚不二夫『天才バカボン』（1967〜1978）。ギャグ漫画の頂点。「バカボンのパパ」はステテコに腹巻きと鉢巻き。うちの父親のことは「港区におけるバカボンのパパ」だと想像してもらったら大体合ってる。作者の赤塚不二夫は恥ずかしがり屋で酒ばっかり飲んでてアルコール依存症だった、『星の王子さま』（byサン・テグジュペリ）に出てくる「呑み助」みたいな人。あ、父親はその「呑み助」の方だ。これでいいのだ！

65 「思い・思われ・振り・振られ」。いつの時代もティーンエージャーの悩みの種であるニキビを、そのできた場所によって恋占いにしようというすごい着眼点で出来たニキビ占い。1980年代にニキビ治療薬「クレアラシル」のCMでも使われた文言で、2020年には『思い、思われ、ふり、ふられ』という映画（原作は「咲坂伊緒」の漫画）も公開。

慢とが合わさって、私は私の話なんかしなかった。デート相手の多くは、そんな私の虚栄心とコンプレックスと自己顕示欲と自己卑下がぐちゃぐちゃに絡み合った話をビールとともに流してくれて次に誘うことはなかった。

でも一度はっきり言われたことがある。「俺は知り合いの自慢話をする人間が嫌いなんだよね」。あまりにもストレートに言われすぎて最初私は自分のことを言われているなんて思わなかった。え、私は知り合いじゃなくて肉親だから違うよね？ と、きょとんとしちゃって「私もそういう人、嫌いですぅ」なんて返した。その彼は私を鼻で笑って、用事があるからと会計を済ませて帰ろうとしたから、どこまでも鈍感力抜群な私は「じゃあ、駅まで送りますぅ」なんて言って嫌がる彼を駅までつけ回した。振り返りもしない彼を見て、ようやくあぁやっぱり私のことかってぼーっと考えた。

恥ずかしかったし自分が情けなかったけど、あまりにも私の芯をとらえてフルスウィングされたため、そんなに悲しくもなかった。ただただ力が抜けて、やっぱりそうだよねって思った。何がやっぱりなのかはまだよく分からないし認めたくない。だけど私がいつもいつも周りを羨ましがり、自分を卑下し、かといってそんなに努力もせず、簡単に出来る「知り合い自慢」ばかりを繰り返して虎の威を借ってるつもりになってるのって、なんか私が摂食障害とか引きこもりとか、そんなことばかりやっているより、恥ずかしくて、深く大事なことなんじゃないかなって。でもあんまり深く考えたらヤバイから、タバコ吸って帰路に着いた。おうちに着いたら豆腐三丁を男前[67]に流し込んですぐ寝た。

私はいつも何者かになりたかったし何者でもない自分が嫌だった。痩せて化粧して派手な格好をしていればそれなりにちやほやされて、破裂しそうな私を、その承認欲求とやらを、男の人はその場限りでうっすらとは埋めてくれた。でもやっぱり破裂しちゃって、死にそうな思いで作り上げた身体は過食と引きこもりによって肉に埋もれていき、せっかくうっすらと埋められた自己承認とやらはまたゼロじゃなくってマイナスになり、身体は肉で埋まっていても心に空いた穴は何も埋まらず、深く深くどん底で死にたいって願った。痩せていた方が健康面では死にそうだけれど太っていた方が気持ちの面では死んでいた。

66 渡辺淳一のエッセイ『鈍感力』(2007)。渡辺淳一は『失楽園』っていう、オジサンエンパワメント小説を書いた人。『失楽園』はドラマにも映画にもなったけど、セクシーが過ぎて、今なら地上波ではダメ！　絶対！(by田村淳)

67 京都にある豆腐メーカー「男前豆腐店」の『男前豆腐』。一丁450gある。色々あって今は売ってないんだけど、再販待ってるよ！豆腐屋ジョニー！(社長の愛称が「ジョニー」)

歩こう歩こうそれでも元気[68]

でも私は私の話を、実は5年くらいずーっと繰り返していたのである。診察室と自助グループで。そこで語る「私の話」は生育歴に始まってありのままの自分。本当の私って何？みたいな村上春樹の小説に出てくる女の子にしか許されないような痛い話。さすがにデートでは出来ないから私は「世間話」が出来るように毎日きょろきょろした。道路沿いの花が変わっていることに気付き、雨の日も外に出たくなるようにママに赤い傘[69]を買ってもらった。漫画もコンビニコミックスだけじゃなくて図書館に借りに行って、エレベーターを待つときはなるべくおばあちゃんとかと天候の挨拶をするようにした。ニュースも新聞も責められてる気がして見なかったけど、ミュージックステーションは毎週見ていた。

デート相手が休日に誘ってくれるときは映画を一緒に観てくれるように頼んだ。映画って「何も話さなくて良いから最初のデートにお勧め！」とか巷では言うけれど、これもまたメンヘラな私には大変だった。まずウツが酷いときは内容が頭に入ってこない。シーンが連続しないから次のシーンに行ったら前のシーンを忘れている。ストーリー展開ってものがわからない。だからとにかく映画が開始したら、一つのシーンだけを覚えておいて他は無視した。後に感想を聞かれたら「あのシーンは良かった」とだけ熱を込めて語った。そんなにウツじゃないときも映画館はフラッシュバックとの闘いである。真っ暗な劇場で喜怒哀楽を揺さぶられて急にセンセーショナルなシーンが出てくる。私はどんなに暑くてもブランケットを借りてバッグとブランケットを抱きしめながら観た。水を用意するのを絶対に忘れなかったし、相手が親切に画面中央の席を勧めてくれても断固通路側のトイレに近い席を譲らなかった。

そうやって少しずつ生育歴以外の話が出来るようになっていって、気が付いたら実家の裏にある公園（徒歩2分）が落ち葉と枯葉で埋もれていた。私は冬になると日照時間の関係でウツが酷くなり、ウツの不快感を手慣れた過食の不快感で上書きするという癖があるため、もっと心身の状態が酷くなって引きこもり、あっという間に数カ月が経ち、次に外に出るのは春の半ば頃、という春夏秋冬を繰り返していたので数年ぶりにこの公園が緑じゃなくて茶色なのを見た。すっごく感動して写真を撮った。茶色に染まった公園を見られたことは大きな自信になり、私はまた歩き始めた。

68 ジブリ映画『となりのトトロ』（1988）のエンディングテーマ『さんぽ』（by井上あずみ）（1988）。歌詞の「歩こう歩こうわたしは元気」より。私は5月生まれの次女なので「メイちゃん」に結構自分を投影してて、まだトトロとの遭遇、ギリイケるんじゃないかと思ってる。と、娘に話したら「トトロに遭ったことを忘れて大人になるんだよ」と言われた。とうもころし！

69 フランス映画『シェルブールの雨傘』（1964）。女優カトリーヌ・ドヌーヴの代表作。引きこもりの私に手に職をつけさせないと将来がヤバイと思ったママは、雨傘とこの映画のCDを買ってくれた。ミュージカルなので全てのセリフが歌として入っており、ママは私に「今、フランス語の動詞の活用を勉強したら、もっと死にたくなるから、歌だけ全部覚えなさい」と言って渡してくれた。映画は観たけどCDは開けてもいない。

いいよね、みんな私から逃げられて。私だって私から逃げたいよ[70]

それでもやっぱり、デートは緊張の連続だった。何を食べるか何を話すかも全然わからないまま。トイレには一回のデートで最低5回は行った。

私は今でもよく飲み物を飲む。それは昔からの「ダイエットには沢山の水を飲め！モデルは一日2リットル！」をやっていた後遺症もあるけど、単純に頭の中があーでもないこーでもないと忙しい上に動作も無駄が多くて喉が渇くのである。

さらに躁うつ病に間違われる私は実はただの年中ダウナー系ウツであり、何かしら五感を刺激していないとマジでフリーズしてしまうのだ。何もしていないと本当に寝ちゃう。人と喋らないと頭が動き出さない。一人の時は自分で自分を何かしら叩いて自己覚醒させていないと、何かをするってことが困難だ。

対人緊張も激しいから、最初の30分くらいは相手が何を話しているのか本当にわからない。そのため最初は自分がべらべら喋って自分をほぐし、頭や身体をストレッチさせないと相手の話が聞けない。フリーズしちゃうのを防ぐためにしょっちゅう水を飲むし、そうしたらトイレに行きたくなるし、とにかくせわしない。

こんな私の習性は初対面の人をいらだたせるに充分だった。相手からすれば急に中身のない話をべらべら喋ってくる。こっちの話を聞くかと思えば、なんか飲んだり食べたりトイレに行ったり、そしてコップも倒す。私が物をよく倒すのはここ数年体重がいつも大幅に変動していたりホルモンバランスがぐちゃぐちゃで関節が腫れていたりするため、自分と物との距離が把握できていないからだ。

ちゃんと検査を受ければもっと詳しい病名とやらがつくのだろうけど、面倒臭くて調べてない。初めての病院に一人で行くために身体や頭を動かすのが大変だし、手続きが煩雑すぎて頭ゴチャゴチャして無理って放り投げちゃう。

あと単純にいつも現実感がない。こうしたらこうなる、といった規則性というまでもない当たり前のことが実感として感じられていない。人間、引きこもり過ぎるとマジで当たり前のことが当たり前じゃなくなってしまい、それはどう自分を肯定したところで周りに多大な迷惑を掛けるのだな……と倒れたグラスと床にこぼれる水を見ながらいつも反省する。

そんなこんなで、またもやトイレに行く。そしてトイレに行くたびにこんがらがった頭を落ち着かせるために、順番通り毎回化粧を直す。でも！　これは私が悪いんじゃないと思っ

70 本谷有希子『生きてるだけで、愛。』（2006）。親友に「この人の小説、全部月美のことが書いてあるから！」とかなり不名誉な感じで薦められた小説。本文ラスト辺りの「あんたが別れたかったら別れてもいいけど、あたしはさ、あたしとは別れられないんだよね一生。（～中略～）いいなあ津奈木。あたしと別れられて、いいなあ」より。本谷有希子は「劇団、本谷有希子」を主宰していて、私の夢は私の文章がそこで舞台になること。本谷は劇団員達への指示出しが擬音語ばかりらしいのもカッコイイ。

ているのだけれど、デート先のトイレって大体ムーディー過ぎない?! 無駄に照明が暗いから自分の化粧がどんどん厚くなっていくのにも気付かず最終的にドラァグクイーン一歩手前みたいになっていて、デート相手も食事処に居る分には酔っぱらってもいるし良いのだけれど。帰りの駅のホームまで送ってくれたとき、容赦ないJRの蛍光灯の下にさらけ出された私の脂と化粧にまみれた顔は、相手の酔いを覚めさせるに充分だった。

相手の反応が急に変わるからいつも変だな、手の振り方がそっけなかったのかなって、自助グループ仲間が帰る仲間を見送るときみたいに相手が見えなくなるまでぶんぶん振ったら無視して逃げ帰られた。

帰宅前にコンビニのトイレにまた寄って、ようやく自分の顔を直視して事に気付いた私は「東電OLってこんなんだったのかな」と摂食障害界の大パイセンに思いを馳せたりもした。

私、失敗しかしませんから![71]

「新宿南口に着いたよ♪　お花屋さんの前に居るね♪」鳥肌が立つのを抑えながらメールを送り、面の皮を厚くしてその日のデート相手を待っていた。ヤバイ。向こうから綺麗な女の子が来た。せっかくむりくり花を背負っているのに比較されたら負ける。おっ向こう側には白人の太った男の子が携帯を弄りながらお菓子食べているぞ。その横に移動だ。私は常に自分がどうやったらマシに見えるかを考えながら待ち合わせをしていた。

ドラマ『やまとなでしこ』で松嶋菜々子はデートには遅れて行けって言ってたけれど、私CAじゃないし。ようやく受かった雑貨店の販売員は週二で各3時間という、採用即戦力外通告みたいな労働条件で、バイト代はお見合いパーティーの参加費用と過食代に消えていた。

そもそも私みたいなメンヘラがデートに遅刻したってODかな？　リスカかな？　死ぬ死ぬ詐欺かな？　としか思われないし。迷惑なだけだから必ず30分前には待ち合わせ場所にいた。暇だし。待ち合わせ場所の近くにあるPLAZAとかで化粧直しを思いっきり済ませて面の皮を物理的にも厚くして。

丹念過ぎるほどに自分のパッケージを整えて、次は場所を選んでいた。新宿や渋谷や銀座はまだいい。花屋やL'OCCITANEがあるから。お花に囲まれていれば、もしくは石鹸の良い香りがすれば、私は通常モードよりマシに見える。だから待ち合わせ場所にはこだわったけれど、恵比寿で待ち合わせと言われたときは困った。恵比寿西口って何もないし。唯一目

71　テレビ朝日系連続ドラマ『Doctor-X 外科医・大門未知子』（2012〜）。米倉涼子演じる天才外科医の決め台詞「私、失敗しないので」より。私は地上波のTV番組を殆ど観ないから、女子会でのドラマトークについていけなくて悲しい。独身・既婚・子持ちなど女子たちのライフスタイルがどんどん変わっていく中で共通言語になる連ドラってやっぱ偉大。

印になりそうな交番の前にいても迷子みたいだし。そのときは無難にえびす像の辺りにいたら、モデル風の女の子が横に来てしまい、私は慌てて反対側に回ってえびす像に張り付いた。デート相手として恵比寿様よりはイケてるはず。福はないけど。病みと闇はある。

そんなわけでヘロヘロになりながら本日のデート相手、高橋さんが登場。「（1時間前に現地入りしているけれど）全然待ってないよ」と答えて食事処へと歩き出す。高橋さんは骨董品のバイヤーをやっている38歳。年収はかなり良いし、見た目もタイプだ。私は祖父が書家である（40歳まで無職でバアちゃんが饅頭屋やって子どもを育て上げたから、実際書家の時期は短いけれど）ことを最大限にアピールして何とかデートにこぎ着けた。

私は美術品の販売員（だって雑貨も、ざっくり分ければ「美術品」じゃない？）だと言い張り、絵とかも置いてあったから「絵画を売っている」とも言った。この前は４００円のハンカチしか売れなかったけど。一応、買う人がいるのならお店に飾ってある絵も売っちゃうみたいだし。売れたって聞いたことないけど。

高橋さんは有栖川宮記念公園で捕まえてきた。カブト虫[72]、じゃなくて高橋さんはその公園の中にある図書館にいた。ヒルズの太極拳は2週間の限定イベントで、終了後は同じ先生が広尾の有栖川公園で毎朝教えている。「これで終わりにせず、続けてくださいね」と仰った先生の言葉を、カンフー・パンダ[73]に嵌っていた私は鵜呑みにし、ちゃんと翌日も行ったのだ。

翌日だけ。

太極拳終了後に、広尾のカフェでお茶を飲むほど財布に潤いはないが、喉がカラカラだった私はそのまま図書館で無料の水でも飲んで、漫画読んで帰ろうと思ってた。人が少ない方がいいなと資料閲覧室に『のらくろ』[74]を持ち込んで閲覧してた。でもなんか超タイプな人が居て、それが高橋さん。私はその頃、名刺を持っていない自分に悩んだ挙句、本名・電話番号・メールアドレスを書いた一筆箋を持ち歩き、個人情報ダダ漏れフリーペーパーを配っていた。「その本、気になっているので次貸してください♥」と一筆箋に書き足して、高橋さんの片隅に[75]無言で置いて、ビビって振り向く彼にウインクかまして席に戻り『のらくろ』の続きを読んだ。

72 aiko『カブトムシ』(1999)。私たちの世代では「これ歌っておけばモテる!」のNo.1ソング。でも虫が苦手な私はaikoだったら『桜の時』を歌うんだけど、出だしの「今まであたしがしてきたこと間違いじゃないとは言い切れない」の歌詞が、どうも私に似合い過ぎるようで全く男子の心を掴めない。

73 マーク・オズボーン&ジョン・スティーヴンソン監督『カンフー・パンダ』(2008)。ドリームワークスが製作したアニメーション映画。声優がダスティン・ホフマン、アンジェリーナ・ジョリー、ジャッキー・チェン、ルーシー・リューなど豪華すぎてマジでドリーム。いっぱい食べちゃうパンダの主人公がバカにされながらも、その体型を活かして仲間を獲得していく、摂食障害者には号泣の話。亀とパンダの丘の上でのセリフが最高。

74 田河水泡『のらくろ』。1931年(戦前)から連載された漫画なんだけど、1941年に役人から「この戦時中に不謹慎!」と言われ打切り。でもその後も色々あって、1980年(戦後)まで続いたし他の人が続きを書いたりもした。因みに『のらくろ二等兵』と『ロボット三等兵』を混同している人がいるけど、前者は田河、後者は前谷惟光の作品。後者は『こち亀』(by秋本治)(1976~2016で全200巻!)に出てくる主人公の両津勘吉がよく読んでる。

ご丁寧にも高橋さんは、「これは受付の係りの人に提出するといいですよ」という真っ当なアドバイスと名刺をくださった。もう帰るそうなので、本を貸そうとするさらなる彼の真っ当な優しさも無視して駅まで一緒に帰った。自宅に戻って、名刺から高橋さんについてgろうとしたけど、下の名前が難し過ぎて読めないから、とりあえず勤め先から大体の年収だけは調べた。

図書館からの帰り道に高橋さんは「山が好きだから山小屋の番人をやっていた時期があるんだ。トレッキングのツアー客とかに経路や注意点を説明するわけ。でもさ、しばらくして気が付いたんだよね。山小屋にいるとさ、山に登れないの」という見事に私の心を掴むまじめ系とぼけた経歴を披露し「現在結婚したい人No.1」だった。しつこいけど見た目も年収も良いし。

デートの間中、私は彼の心を掴もうとご飯を頬張りながら一生懸命喋った。口角泡を飛ばすっていうか米粒飛んでたかも。私って色んなことを知っているでしょ？　世間知らずじゃないのよ？　お馬鹿さんなんかじゃないの。とアピールしまくった。なるべく自分の得意分野を。話題は、現代における性的虐待の多さについて。この前おビョーキ仲間がシンポジウムに連れて行ってくれていたから、専門家のご意見もバッチリ☆高橋さんはコース最後の炊き込みご飯と果物を断っていたけれど、小食なのかなって思った。

翌日早朝に高橋さんから丁寧なお祈りメールが届いて、実家のベランダでタバコを吸っていた私は「くやしい！」と吠え、自助グループに行ってこの悲しみを涙ながらに滔々と語り仲間たちに笑われた。

弟が職場で出張に行った同僚からお土産をもらってきたので、「お礼状」と称して自分のアドレスを書いた手紙にプリクラを貼って無理矢理その同僚に渡したこともある。弟は「姉ちゃんマジで勘弁してくれ」と怒りながら帰ってきて、ママは「まあまあ。月美は婚活中だから仕方ないのよ」と大笑いしながらなだめていた。返信はなかった。

賢者のスカルプネイル[76]

なりふり構わなかったから、私はそれなりにチャンスを得た。次の相手は洋介君。ゼネコン社員で36歳。すごく太っていたけれど、私のことをカワイイカワイイと言ってくれた。出会いは六本木のスポーツバーで友達の紹介。私史上、最も「素敵女子」っぽい出会いの文言

[75] 片渕須直監督『この世界の片隅に』（2016）。私の映画感想Tweetで一番多くイイネが付いた作品。でも私の感想が良かったのではなく、それほど注目され何かを語りたくなる素晴らしい映画だったということ。オープンダイアローグで知られる本業オタク・副業精神科医の斎藤環先生もこの作品が好きで、『その世界の猫隅に』という本を2020年に出版。

である。

ちょうどサッカーのW杯をやっているとき、突然！　携帯が鳴った。中学の同級生だった彼女からの「あ、この番号、まだ繋がるんだ？」と、お前が掛けて来たくせに超失礼な第一声から始まるその電話は、六本木のスポーツバーでW杯を見ていたらナンパされて他にも女の子を呼んで欲しいと頼まれたんだけど、そういえば家、近くない？　というご用件だった。

「すぐ行くね！」と答えて切ろうとしたら、「マジで来るって？」という男のせせら笑いが電話の向こうから聞こえたけど、そのまま切った。

「イッシー!!」と私も10年ぶりに呼ばれるあだ名に一瞬たじろいだものの、みんなスクリーンを観ていて、特にその後会話はなかった。サッカーのルールも選手も知らないから、みんなが「おぉ！」とか言った後に遅れて「おぉ！」を被せてみたんだけど、どうやらサッカーというのは数秒で状況が変わるらしく、私は定期的に鳴くオットセイみたいな感じで場に居座った。

そんな素敵オットセイと出会った洋介君はご機嫌にビールとオニオンリングを口に放り込んで、デートまで誘ってくれたのだ。中学の同級生の彼女は、「また遊ぼうね！」と言って帰って行き、その「また」はまだ来ていない。

建設業界は飲み会が仕事みたいで、私との平日夜のデートもその前に地主たちとの飲み会があって、赤ら顔のまますまなそうに来た。ごめんなさいって顔が愛らしくて、忙しいのに時間を割いてくれるのが嬉しかった。日曜日のデートも午前中が法事だったりして、やっぱり赤い顔でやって来て、疲れているのにごめんね。家族想いだね、とも思った。

マジで洋介君と結婚しようと思った私は、親友に会わせた。彼女のお眼鏡に適えば即入籍って思ったし、洋介君も「早く結婚したい」と初めて会った日から言い続けてくれたし。

でもそのときの親友は年下のインターンと付き合っていて、その彼氏は社会的身なりを気にしないっていうか「もうちょっと落ち着いた格好しなよ」とか絶対言わない男で。それより彼女のＦＢの方が気になるみたいで。一緒にクロス[77]で騒げる方が大事で。付き合った男色に染まる彼女の、史上最大ギャル期だった。

待ち合わせにワカメちゃん[78]よりパンツの見えているスカートと、もはや黒魔術感さえ漂う

76 オー・ヘンリー『賢者の贈り物』（1906）。新約聖書のエピソードを元ネタにしたオー・ヘンリーの代表的な小説。超短いからすぐ読める。青空文庫にあるからタダで読める。『賢者の贈り物』と『最後の一葉』（これも超短い）は、読んでなくても知っているだろうし、読んじゃえば「アタシ、結構海外文学とか読むんだよね」って言えるからお勧め。中学の時に父親から『白鯨』（byハーマン・メルヴィル）（1851）を渡されて「これを読めば、これからどんな長編小説でも読める」って言われたけど、結局長過ぎて読みきれず『老人と海』（byアーネスト・ヘミングウェイ）（1952）を読んで感想を誤魔化したことがある。『白鯨』に出てくるのはもちろん〝鯨〟で『老人と海』に出てくる魚は〝カジキと鮫〟だったけど、全然気付いていなかったから、絶対父親も『白鯨』読み切ってない。

77 今はなき西麻布のクラブ。その昔、ｇｌｏｂｅのマーク・パンサーが私生活で色々あったときにクロスで急アルになり運ばれていたけれど、そこに居たパリピも全員「そうだよね。今、ツライよね」と何も言わずに救急車を見送っていた。

猟奇的な[79]スカルプネイルで来た親友の姿は、洋介君をドン引きさせるには充分だった。「結婚しようと思うの」と報告する私たちに「へぇ。いいじゃん」とタバコの煙を吐き出しながら答えた彼女からは、日本最高峰の大学院を出ているアカデミズム感は一切排除されており、それはどうやら私の交友関係の信頼性を著しく落としたようだった。

その日以来、洋介君からの連絡は徐々に減り、気付けば音信不通になっていった。でも諦めずSNSを辿っていたら、私の連絡を無視して飲み会に興じる投稿を見つけ、ギリギリと歯を食いしばる代わりに過食した。そのままSNSを追っていたら数カ月後に肝機能がおかしくなって入院した洋介君を心配する投稿を見つけた。アルコール依存症だった。マジで私の親友は類い希なる才能を持つ女だと感謝した。

メンヘラとバブルの居る舗道[80]

ヤバイマジヤバイ。早くしないと時間切れに。焦った私は出会いの場には積極的にというよりも強迫的に出続けた。「男性45歳以上」と銘打ったお見合いパーティーは、行ってみたらどうみてもパーティーというより寄り合い感しかなかったけれど、そこで明さんと出会った。

明さんは某メーカーの課長さんで47歳。バブルの残骸感が半端じゃなくて、パーティーの後にするりと私をイタ飯（イタリアンのご飯）に誘って口説きにかかった。口説かれるのは心地が良くて一瞬自分を青田典子[81]と勘違いしそうになったのだけれど、あくまで松たか子っぽく「うちの父親は会社をやっているの」とお嬢様ぶった。従業員はママだけだけど。

明さんは私のお嬢様話やフランス映画（父親はフランス語の翻訳をやってるけど、家では『男はつらいよ[82]』と『ロッキー[83]』しか観ない）の話に大層感動し、私のことを「ファム・ファタール

78　長谷川町子『サザエさん』（アニメは1969〜）。漫画だったりアニメだったり日本人なら一度は目にしたことのある作品。ワカメちゃんは磯野家の次女。某依存症業界有識者が「サザエさんちが本当に存在したら、タラちゃんは絶対薬中に育つ」と言っていたのを聞いてから一度も見ていない。

79　キム・ホシクのネット小説を映画化した『猟奇的な彼女』（2001）とか、ゲスの極み乙女。が歌った『猟奇的なキスを私にして』（2014）とか、男どもは嬉々として「猟奇的」って言うくせにリアルで猟奇的な女を見ると尻尾を巻いて逃げ出す件。

80　ジャン＝リュック・ゴダール監督『女と男のいる舗道』（1962）。ゴダールの長篇劇第4作で、アンナ・カリーナが出演したゴダール作品の第3作。とりあえず女に幻想しか抱いてない男が大好きなフランス映画。私の独断と偏見に満ちた調査によると、この映画が好きな男は、女きょうだいがいない・独身・既婚だとしても子どもなし、のいずれかである。

81　「バブル青田」の愛称でバラエティによく出ていたタレント。元C.C.ガールズ。平野ノラの前は、バブルと言ったらこの人だった。歌手・玉置浩二と結婚して芸能活動を休止。かなりアップダウンの激しい玉置を献身的に支えている。

82　山田洋次監督、渥美清主演『男はつらいよ』（1969〜）。フーテンの寅が旅先で出会ったマドンナに恋をして毎回振られる映画。子どもの頃は「寅さんかわいそう」って無邪気に思っていたけれど、大人になると男の意気地のなさや、倍賞千恵子扮する「さくら」のしんどさなども伝わり、「（男はつらいよなんて言われたら）女はつらいよ」って思ったりする。全国各地の風景が綺麗。

83　シルヴェスター・スタローン主演『ロッキー』（1976〜）。落ちぶれた男がトレーニングを積み、ボクシングのチャンピオンになっていくアメリカ映画。今まで全6作もシリーズ化されて、『クリード』シリーズ（スピンオフ作品）も入れたら8作。エイドリアーン！

〈運命の女〉」だと言った。

何でも良いから籍を入れてよと思ったけれど、明さんがファム・ファタールとすぐに入籍しなかったのはバツイチだからだ。明さん曰く、30代の時にCAの彼女と合コンで出会い結婚。しかし専業主婦になった妻は帰りの遅い明さんにヒステリックに怒鳴り散らしノイローゼに。ついに精神科に通うことになってしまい双方の両親の合意のもと、離婚。それで明さんは月美ちゃんがそうならないか不安だそうだ。

大丈夫！　もう通院歴は5年くらい！　今日も精神科帰り！　と言うほどには面の皮が厚くなかった私は、なんとか明さんの不安を解きほぐし結婚してもらおうと頑張った。

名前だけは聞いたことのある映画や本の話を沢山ちりばめて、感想を聞かれたら「無意味さの中に意味があるのよ[84]」と気狂いピエロ[85]な返答で何とか切り抜け、明さんが連れて行ってくれるお店のランクがどんどん落ちていくことも気にしないでいた。イタ飯の次はmu-MU[86]で、次は？と期待した私に「僕、本当はこういう店の方が好きなんだよね」と洋食屋でナポリタンを注文されても「なんか明治の文豪みたい！」って思ったし。ジョナサンに連れて行かれても「テイクアウトもやっているなんて最近のファミレスって凄い！」とジョナサンの肩を持ったし。寧ろ結婚後の生活を考えたらいつも高いお店に行っていたら家計が破綻するもん。養老乃瀧でバブル期の新卒採用について熱く話す明さんは、Twitter炎上必至の老害だったけど、私にとってはようやく掴んだ蜘蛛の糸[87]だった。

その糸を掴んで離すまい。絶対登り切ってみせるって必死だった。明さんが「あなたが待ち合わせの時に僕を見付けると嬉しそうに小走りする姿が好きだ」と言ったので、どんなヒールを履いていても明さんを発見し次第、走り寄るよう心がけた。

その日のデートは明さんの仕事が終わったらご飯を、ということだったので私はいつでもダッシュできるように待ち合わせの駅でキョロキョロしていた。夕方の新橋駅はトレンチコートを羽織ったリーマンで溢れており「ウォーリーを探せかよ」と思ったけど、私はしっかり100m向こうから歩いてくる明さんを見付けた。

大袈裟に手を振っている私に確かに明さんは気付いていた。でも一緒に帰路に就く同僚と

84 千葉雅也『意味がない無意味』(2018)。身体と行為を問うこの哲学書の帯には「頭を空っぽにしなければ、行為できない」って書いてあるけど、別にもともと空っぽな私みたいなのを肯定した内容では当然ない。

85 ジャン=リュック・ゴダール監督『気狂いピエロ』(1965)。もちろんアンナ・カリーナ主演。フランス・イタリア合作映画で、ヌーヴェルヴァーグを代表する作品の一つ。私の多過ぎる黒歴史の一つにメールアドレスをゴダールの『女は女である(Une femme est une femme)』にしちゃって、長過ぎて誰も登録してくれなかったことがある。だから友だちが出来なかったんだと思う。当時から、赤外線通信あったけど。

86 avexがプロデュースする銀座のレストラン。お酢を水で薄めたジュースが一杯二千円くらいする。今はもうない。

87 芥川龍之介『蜘蛛の糸』(1918)。明治の文豪、芥川による短編小説。芥川は享年数えで36歳。睡眠薬のODで亡くなった。あのね、ODって量も質も人によるし、ちょこっとのつもりが「事故」っちゃう可能性もあるから、私は本当に悲しくなっちゃうんだ。なるべく、やんないで欲しい。

の話に夢中で私の方にはちらりとしか目を向けなかった。あれ？　微笑みが足りなかったかな？　と思って最大限のスマイルとともにまた手を振った。距離は30ｍ位になっていたけれど今度は明さんは私の方を見向きもしなかった。あと10ｍってところでようやく無視されていることに気付いた私は、あと５ｍも駆ければ明さんと腕が組めるのだろうけど、そんなの迷惑なのだってわかって新橋駅に立ちつくした。

数分後、明さんは「さっきはごめん。同僚と一緒だったからさ。僕があんまりにも若い子と付き合っているって知れたらマズイから」と反対の出口から出てきて私に声を掛けた。マズイの意味がわからなかったしわかりたくもなかったから「私は日陰の女なのね」と冗談を言ってそのまま食事に行った。

気付けばファム・ファタールはどんどん日陰の女になっていった。日曜の朝からデートをしても、夕方から同窓会があった明さんは「同級生なんかおばちゃんばっかりだよ」と言って私を早めに帰した。同窓会は月一で行われてた。デートは明さんの職場がある銀座から「文豪が多く住んでいたから」という理由で離婚後に引っ越した西馬込になり、養老乃瀧にすら連れて行かれず、「まいばすけっと」で食料を買い込み明さんの１ＤＫの部屋で古い映画を何本も観た。結婚したいと言われ続けてはいたけれど明さんの査定はまだまだ続くのかなって私も疲れ始めていた。

蜘蛛の糸はか細い一本だったから千切れたのではないか。婚活沼[88]に嵌っていた私は推し変[89]しなきゃいけないことが頭ではわかっていたけれど、沼に絡めとられそうだったし他担もいないから、とりあえず身体を鍛える[90]ことにした。走れツキミ[91]。

I wanna be your dog.[92] 愛してると言ってくれよ！[93]

婚活してりゃ恋にも落ちる。犬も歩けば棒に当たるんだから、メンヘラが婚活してりゃ棒

88 芥川龍之介『沼』（1920）。また、ネットスラングの『沼』は、好きな作品とか人物とか物とかにどっぷりハマっている状態を指す。

89 芥川龍之介『地獄変』（1918）。また、ネットスラングの『推し変』は、例えば好きなアイドルグループの「推し」を違うメンバーに変更することを指す。

90 三島由紀夫が太宰治に推したのが、筋トレ。

91 太宰治『走れメロス』（1940）。古代ギリシアのピタゴラス学派の逸話が由来である短編小説。ピタゴラス学派は「均整」や「調和」で世界を把握しようとした哲学学派で、一種の宗教結社になったから『走れメロス』みたいな友愛の逸話が残ってる。NHK教育テレビでやっている「ピタゴラスイッチ」もこの学派の名から派生してるっぽいよ。

92 岡崎京子『I wanna be your dog 私は貴兄（あなた）のオモチャなの』（1995）。最近映画化が相次いでいる、伝説的漫画家「岡崎京子」による漫画短編集。私はコレと『チワワちゃん』（1996）が好き。好き？　好き？　大好き？

93 TBS系連続テレビドラマ『愛していると言ってくれ』（1995）。トヨエツ（豊川悦司）の走る姿がカッコイイし、主題歌の『LOVE LOVE LOVE』（by DREAMS COME TRUE）（1995）がピッタリ合ってた人気ドラマ。このドラマに影響された当時小6の私は、反抗期の芽生えもあって、学校の展覧会にダンボールと模造紙で作った「手話で学校への不満を述べたコラージュ」という超痛い作品を提出したのだが、先生は誰も手話わかんなくて痛さも伝わらずセーフだった。でも、仲良かった聴覚障害のある友達がこっそり「手話間違ってるよ！」って教えてくれて、展覧会が終わる日だけをひたすら待って捨てた。

くらいには当たる。怖いのは棒に当たった衝撃を恋と見誤ることで。

プール通いで少し引き締まった私は、次に区民ジムに通い始めた。プールは荷物も多いし、濡れた髪もめんどくさい。私はまたまた弟の部屋着を拝借し、さも「トレーニングウェアなんでこんな格好なんすよ」って顔して家からジムまでそのまま行った。平日午前の区民ジムはジジババばっかり。金は無いけど暇はあるニートの私は、定年退職後のジジババと行く所がいつも丸かぶりだ。

ジジババは婚活相手にならないし、私は真面目にトレーニングを開始した。自慢じゃないけど「アメトーーク！　運動神経悪い芸人」に出られるくらいの身体能力を持つ私は、鏡に向かって己の滑稽さに耐えつつダンスやヨガをやるより、粛々と筋トレをする方がドリルをこなすようで向いていた。ジムの中で鏡を見ないでトレーニングしていると人間観察をすることになる。シルバーパスの話をしているジジババを眺めながら「バスに乗ってジムまで来てランニングマシーンで走るなんてマジ謎」とか罪もない老人に心の中で悪態をつきつつ、最軽量の負荷でマシーンを上げたり下げたりしていた。

そんなやさぐれヒューマンウォッチングをする私の目に、突然パーフェクトヒューマン[94]が飛び込んできた。若くて（周りが老人）イケメンで（周りが以下略）スポーツマンで（みんな筋トレ中）超タイプ！　ていうか好き！　トレーニングで出たアドレナリンに任せて、私は一目で恋に落ちた。そしてその彼を凝視することで辛い筋トレに耐えることにした。ジロジロ見た。思いっ切り見た。マシーンを上げ下げしながら見続けたので、興奮と負荷で目は血走っていたと思う。そんな私に彼は当然気付き、「何？　誰？」と思いっ切り訝しんだ表情をしたけど、筋トレで脳も酸欠状態の私は相手の怪訝な表情を解する余裕もなく、ほぼハラスメントなウォッチングを続けた。

するとその彼は「どこかでお会いしましたっけ？」と声を掛けてくださったのだ！　奇跡！　神！　いる！　急に有神論者になった私は「知っている方かと思ったのですが、お会いしていなければ知りませんよね」と小泉進次郎[95]のような答弁を返し、畳み掛けるように「この近くにお住まいですか」と区民ジムなんだから近所に決まってるだろの進次郎構文をなおも繰り返した。困惑した彼は「ええ……」と返した後、この全く先に進まない会話を打ち切るためか「終わったらお茶でもします？」と誘いをくださったのだ！　神！　いっぱいいる！　さらに多神論者にまでなった私は脊髄反射でＹＥＳと答えようと頷いたときに、ふ

94　お笑いコンビ、オリエンタルラジオ『PERFECT HUMAN』。２０１６年に流行った曲だけど、その年に某商社のイベントに行ったらこのネタのパロディを社員たちが組体操で完璧にやってて、やっぱ体育会系勝ち組は違うな、一生相容れないな、と思った。

95　この原稿を書いているとき（２０２０年７月）の環境大臣。「小泉進次郎構文」と呼ばれる何か言ってそうで何も言っていない独特の言い回しが得意な、一刻も早く権力を手放して頂きたいエンタメの達人。代表作は「環境問題はセクシーに」「（コロナ禍ですべきことは）ゴミ袋にメッセージやイラストを」。

と弟の部屋着が目に入った。ヤバイ。これはない。焦った私は「ちょっとこの後予定があるんですけど！　でも！　是非！　今度食事でも！」と傍らにあった区民便りに携帯番号を書きなぐった。そして畳み掛けるようにもう一枚区民便りを渡し、勢いで彼の番号も書かせた。筋トレよりも力技だった。

ロマンスの神様、願いを叶えた？[96]

後日食事は実現し、彼は大手デベロッパーにお勤めなので、空き時間にジムに来ていたこと、趣味はサーフィンで彼女はいないことを聞き出した。彼はちょっと高級で、でも堅苦しくないご飯処を選ぶのが得意で、その後は軽めのバーで少し飲んで「白馬の王子様見つかった？」と夢見心地にさせてくれた。全ての店で領収書を切る姿すら「さすがデベロッパー……」と私は盲目のお姫様になった。

1回目のデートで彼は「周りの友達を見ているとやっぱ結婚っていいなって思う。遊んでたときもあったけど、もうそういうのは飽きた。次に付き合う子は結婚を考えてる」と言って、2回目のデートで「月美のこと真剣に考えてる。家に帰って月美がいたら嬉しいな」と言った。

あーもう、キタコレ。ゴールインでしょ。付き合うって言われてないけど、帰り道にはキスしてるし。最後までしないでちゃんと家の下まで送り届けてくれるのも大事にされてるからだし。土日に会えないのも趣味のサーフィンで朝から海に行ってるからで、その間車に置きっ放しの携帯が繋がらないのも当然だと思った。

ロマンスの神様に感謝しながら過ごす日々は最高に楽しくて、不安さえも恋の醍醐味だと信じた。路上での熱烈過ぎるボディタッチも「愛されてる！」って実感に変わった。彼の一挙手一投足が私をハラハラドキドキさせ、彼と一緒にいる時間だけが私にとって生きてる！って思える時間で、それ以外はただの待ち時間。

こうして私はたった数回のデートで棒に当たったたった刺激に夢中になり、犬も歩けばどころか、全く出歩かず忠犬ハチ公になってご主人様に尻尾を振り続けた。

刺激を恋と見誤る私は、彼の自宅に女が住んでいるって発覚したときが最高に燃えた。一向に自宅に呼ばない彼を疑うこともなかった私だが、彼の方が嘘をつき続けるのが面倒くさ

96 広瀬香美『ロマンスの神様』（1993）。スキー用品店「アルペン」のCM曲にもなったJ-pop。広瀬はその他、『ゲレンデが溶けるほど恋したい』『幸せをつかみたい』『幸せになりたい』など、とにかく〝恋〟と〝幸せ〟を追い求める歌を歌うことで、当時その二つを持っていない私たちの心を鷲掴んできた。そんな私たちは冬に広瀬香美・夏に大黒摩季を歌うことで、ますますモテない一年を送って現在に至る。

くなったのか、私を舐めきったのか白状した。

でも私はそれを聞いても「変な女に居着かれてるなんて可哀想！」と、そんな風に考えるお前が一番変な女だというツッコミには耳を塞いで突っ走った。そして自分の最大の武器を発揮すれば、彼は私を選ぶと企んだ。つまりSEXしちゃえばこっちのもんだと思ったのである。当然、SEXなんて武器でもなんでもないし、私には全然違う魅力が他に沢山あるって今なら思えるけど、「メンヘラ・ニート・まだまだデブの三重苦を抱えている私にはそれしかない」って当時は本気で考えたのだ。

メンヘラの暴走が想定の範囲内[97]で収まるわけはない。彼といつも通り食事の約束をした私は、待ち合わせの時間まで大忙しで準備をした。まず、近くにあるラブホテルを検索し電話をかけて予約を取った。次にスーパーに行ってお惣菜を買って弁当箱に詰めた。彼の好きなハーゲンダッツの苺味を買って、保冷剤をギュウギュウに詰めたクーラーボックスに入れた。そして念入りに風呂に入り、こってりと化粧をして、髪をグルグルに巻いた。下着にも香水をかけて、ムンムンだかモンモンだかしながら待ち合わせ場所に向かった。

やけに大荷物で鬼気迫る形相の私に、彼は自分に危機迫っていることを感じ取ったようだが「今日は行きたいところがあるの❤」と無理やりタクシーに押し込まれた。どうやらホテルに連れ込まれるということがわかると彼は「いや、飯食おうよ！　俺腹減ってるし！」と必死のSOSを出したが「大丈夫❤　お弁当作って来たから❤」とこの年一番怖い話を聞かされ、今乗っているタクシーはドナドナであると悟った。

結局、ラブホテルで弁当とハーゲンダッツを食わされた彼は、しっかり私も食った後に「ごめん。思ってたタイプと違うみたい」と想定外月美を振って、私は無神論者に戻った。

どちらが棒で殴られたのかわからない話になってしまったが、この怪談には後日談もあって、彼はそれでも私をいわゆるセフレとして呼び続けたのである。お気づきの通り、一緒に住んでいる女は彼女じゃないけど妻だった。忠犬ハチ公もさすがに目が覚め、今度こそは木偶の坊に当たりませんようにと祈りながら、また歩き始めるのであった。マジで愛するよりも愛されたいものだ[98]ワン。

97　ホリエモンこと堀江貴文がよく使って、2005年の流行語大賞にノミネートされた言葉。当時はそれこそ「六本木ヒルズを歩けばホリエモンに当たる」ってくらいによくお見かけしたけど、いつも甘辛い味のものを食べてて、オカネって味覚は変えないし買えないんだなと思った。

98　KinKi Kids『愛されるより愛したい』（1997）。KinKi Kidsの2枚目のシングル曲で、1枚目『硝子の少年』はJ-popの神である山下達郎が作曲し松本隆が作詞している。KinKi Kids堂本剛が主演だった『金田一少年の事件簿』ドラマ版（1995〜）は、私が中学の時に流行って男子は真似して短髪にしもみあげをGATSBY（マンダムの整髪料）で尖らせてた。その子たちは、高校生になるとキムタクを真似してロン毛にし、現在はツーブロックに至る。髪の毛が残っていれば。

SCENE 4

本命捕獲計画[99]

限りなくエンタメに近いブルー[100]

「私たちは『買われた』展[101]」ならぬ「私を食わせた件」について、悩み嘆いて涙まで流して訴えたのに、主治医も精神科の仲間も爆笑だった。通院する皆様があまりにも真摯な悩みを吐露する中、私の嘆きは周囲に「恋バナ」にしか受け取られず、重い話ばかりを聞き飽きていた皆様に格好のエンタメとして受け入れて頂いた。いや、こちとらマジなんすけど。エンタメ感溢れた私のポップ過ぎる悩みに、仲間は沢山の助言や世話焼きをしてくれた。ラブアンドポップに感謝[102]。

行け！メンヘラ婚活部[103]

主治医の診察も、もはや処方薬すら出してくれなくなっていた。「まぁ、頑張ってね」とカルテを開いた途端閉じる寄り添いゼロの30秒診察を終え、トボトボ喫煙所に向かうとクレイジー婚活大パイセンよっちゃんが先にタバコを吹かしていた。

「あ、お疲れー！　先生なんだってー？」と満面の笑みで聞いてくるよっちゃんは、そのとき幸福の絶頂におり、もっとも精神科にいてはいけない人だった。よっちゃんは、私と同じく「結婚すれば？」と主治医に言われ、バイト先の繋がりで知り合った彼とこの度結婚したばかり。新婚ホヤホヤ躁転真っ只中だった。

「うん……。婚活頑張れって。よっちゃんが羨ましいよ……」あまりにも率直に嫉妬を口にした私に、よっちゃんは全く気付かず、躁の勢いで素晴らしいご提案をしてくださった。

99 庵野秀明監督『新世紀エヴァンゲリオン』（1995〜）。今なお終わりが見えないアニメ。作中に出てくる「人類補完計画」より。とにかく見る側も作る側も疲労困憊していると思うので、初期のTVアニメの時のように投げやりで適当に終わらせるか『こち亀』（by秋本治『こちら葛飾区亀有公園前派出所』（1976〜2016））のように腹くくって続けるかしたほうが良いと個人的には思ってる。私はもうエヴァに「海パン刑事」が出てきてもいいよ。

100 村上龍『限りなく透明に近いブルー』（1967）。第19回群像新人文学賞及び第75回芥川賞を受賞した小説。装丁はご本人が手がけた真っ青な表紙。私は結構村上龍作品を読んでいたんだけど、2003年、私がハタチの時に『13歳のハローワーク』という素晴らしい作品が出て「あと7年早く出してよ！」と不貞腐れてからあまり読んでいない。ブルーといえば、『青に、ふれる。』（2019〜）（by鈴木望）という漫画が面白い。気になった人はggって欲しいし、そしたら「マイフェイス・マイスタイル」ともggって欲しい。後者は「見た目問題」について取り組むNPO法人だよ♪

101 2016年に行われた企画展。一般社団法人Colabo主催。

102 村上龍『ラブ＆ポップ』（1996）。庵野秀明監督により映画化（1998）もされた小説で、私たち世代を語るのに良くも悪くも外せない作品。井の頭線を使って渋谷に行くときは、今でもあの頃を思い出す。ちょっとはね。

103 古谷実『行け！稲中卓球部』（1993〜1996）。『ヒミズ』（2001〜2003）『シガテラ』（2003〜2005）などを描いた古谷の大ヒットギャグ漫画。私は『僕といっしょ』（1997〜1998）が一番好きで、それ以降の作品は怖くて読めない。

「ねぇ、旦那の友達紹介しよっか?」

アッチョンブリケ！ マジ?! 持つべきものは躁転中の仲間！ よっちゃんに抱いていた嫉妬ややっかみは瞬時に消え失せ、後光がさして見えた。「本当に？ ありがと！ お願いします!!」よっちゃんにはとりあえずコーヒーを奢って、口約束にはさせないぞと圧をかけたけど、やっぱりよっちゃんは何も気付かず、旦那さんに「友だちが誰か紹介してほしいって」と私を口実にしたラブラブメールを打ち始めた。


裕二と出会ったのは、そのよっちゃん夫婦が開いてくれた「結婚報告パーティー」だった。結婚式を挙げなかったよっちゃん夫婦は簡単な食事会を、親族とはまた別に、お互いの友達を呼んで開き、そこに私の入場を許可するといった形で約束を果たしてくれた。要は、場は提供するから自分で頑張れとのことだった。

私はそんな「女友だちがいる」みたいな場が初めてで、嬉しくも緊張して出かけた。でもやっぱり新婦以外に知り合いもいなかったし、お祝いを言った後はすることもなかった。ウロウロ手持ち無沙汰で、一通り食べたり飲んだりしたらやることがなくなって、トイレに行ったり戻ったりまたトイレに行ったりを繰り返していた。

「こういうパーティーってどれくらい時間が経ったら、帰っても失礼じゃないんだろう」と一刻も早く帰りたい思いと「このままなんの収穫も無く帰ってたまるか！　会費も払ってんだし！」と既に会費分は充分飲み食いしてるけど居座り続けたい思いとがせめぎ合い、バーニャカウダを噛み締めた。

すると私と同じく一人手持ち無沙汰でウロウロしている男の人がいて、それが裕二だった。私と裕二はお互いに気付き意識しながら距離を詰めていき、裕二は私の斜向かいの席に腰掛けた。そしてお互い睨み合いを続け、お互いパーティーの最後までいて、一言も声を交わすことなく帰った。我ながら大人気ないが、同族嫌悪的なものが働いたんだと思う。

ちゃんと大人になった[105]のは裕二の方だった。後日、よっちゃん経由で「月美ちゃんのこと気に入った人がいたから番号教えていい？」と幸せのおすそ分け♥に励む彼女に食らいつき、連絡先を交換してもらい、今度よっちゃんを含む3人で食事でもしましょうという事になった。

そのときのよっちゃんはバイトも寿退社しており「幸せだけど暇」という人の世話を焼くには最高の状態だったので、お言葉には全部甘えた。

104　手塚治虫『ブラック・ジャック』（1973〜1983）に出てくるピノコの口癖。手塚治虫（1928〜1989）は漫画の神様とも呼ばれている人で大阪帝国大学（現・大阪大学。略称・阪大）付属医学専門部卒。家出JKだった私は、当時阪大に通ってた姉と一緒に住んじゃえ！と大阪で暮らしていたことがある。姉はちゃんとしてて、私はロクなことしてなかった。でも楽しかった。

105　アニメ『オバケのQ太郎』OP曲、天地総子『大人になんかならないよ』（1985）とか。曽我部恵一が歌う『おとなになんかならないで』（2004）とか。子どもの頃は私だって、『大人は判ってくれない』（フランソワ・トリュフォー監督のフランス映画（1959））って思ったけど、なってみると大人は中々オモロイ。

因みに彼女はその後、色々あってその状態を維持することができず、双方忙しくて3ヵ月以上会ってもいないのに「あなたがそういう人だとは知りませんでした。これからはお付き合いを考えます」という突然の初LINEと共に、私と私の娘をクソほどイジメ倒すモードに入るのだが、まぁいいや。

それで、そんな躁転よっちゃんと私は精神科で診察を待っている間、作戦を練った。診察が終わった後、裕二が予約してくれたレストランに一緒に行こう。そして、その時のお互いの詐称プロフィールの確認、私はどうやら男を見る目がないらしいので結婚まで漕ぎ着けたよっちゃんのお眼鏡に適うかどうかも見て欲しいとも頼んだ。ザックリ「任せて！」という彼女を全面的に信頼することに決めて、私たちはレストランに向かった。

裕二の予約したレストランはやたらめったら気合が入っていて、よっちゃんは「絶対良い人だよ！　決めな！」と席に着いた途端、早急過ぎる結論を出してくれたのだが、私は緊張してその大き過ぎる耳打ちをスルーしただけだった。

裕二も緊張していて「この前は……ども……」しか言わなかったが、会話が続くのかとの心配は無用だった。躁転爆進中のよっちゃんは話が止まらず、ほぼ「よっちゃんの演説を聞く会」としてこの集まりは進行した。お陰で、私は自分の詐称プロフィールをそんなに話すことなく済んだし、裕二の年齢・勤め先・独身寮に住んでいることは突き止めたし、私もよっちゃんの言う通り「絶対良い人じゃん！　決めよ！」という気持ちになった。
裕二はよっちゃんに圧倒され、なんとかご飯をモグモグしながら、でもやっぱり圧倒され、「弱いんですが頑張って飲みます！」とアルコールの力を借りてこの場に慣れようとしていた。

それなりに場が進み、「お化粧直して来まーす♪　ニンニン♪」と細かすぎて伝わらないモノマネ[107]をかました私とよっちゃんは喫煙室に行き、作戦会議を再開した。「どう思う？」「絶対良いよ！」「じゃぁ、結婚したいって言っちゃおうかな」「ストップ！」躁転よっちゃんにまで止められるほど切羽詰まっていた私だが、婚活のパイセンは斬新な案を提供してくれた。「結婚記念日にしたい日があるっていうのはどう？」

クレイジー二人組から解放されたのも束の間、裕二は席に戻ったよっちゃんに切り出された。「月美ちゃんてね！　昔から結婚記念日にしたい日付があるんだって！　ね?!」

おいおい姉さん、そのパスをうまく返せる自信がないよ。絶対化粧直してないって思われてるだろ、作戦会議モロバレだろ、と思いながらも「う、うん……えっと5月1日が私にと

106　2ちゃんねるコピペ。「初カキコ…ども…」から始まる中二病のレス。「it'a true wolrd. 狂ってる？　それ、誉め言葉ね」と、Wordのスペルチェック機能も狂っている。

107　フジテレビ『とんねるずのみなさんのおかげでした』（1997〜2018）の人気コーナーだった「細かすぎて伝わらないモノマネ選手権」。さぁ、よっちゃんと私のモノマネは伝わったかな？　ニンニン★

って特別な日で……。だからいつか結婚するなら、その日を入籍記念日にしたいなって昔から思ってます……」

突然の入籍記念日指定に裕二は当然困惑し「WHY?」を日本語で聞いて来たが、それは「なんで急にそんな話?」の意味であったろうが、私は「なんでその日なの?」と都合よく取り違え、「えーっと。昔飼っていたウサギが死んだり、祖父の命日だったり……」と超縁起悪そうな理由をごにょごにょと言った。

Only Holy Story 108

でも急に入籍記念日を思い付いたり、理由が縁起悪そうだったりするのもメンヘラ的には訳がある。それは自助グループのバースデー制度だ。自助グループでは「バースデー」という日が設定される。その日は「自分が生き直しを始めた日」であり、アルコール依存症なら断酒を開始した日、薬物依存症なら薬物を止めた日がその「バースデー」に当たる。その日を設定することで、「何日やめた」「何年やめた」とカウントでき、周りの仲間に祝ってもらえてモチベーションも上がる。スリップ(再使用)した場合は、またやめ始めた日からバースデーが始まりカウントをし直す。

そしてこの自助グループ（主に依存症）のバースデー制度を応用したのが「ホーリーデー」だ。性被害や近親者の自死その他、自分にとってものすごく大変な事件が起きた日を、忘れるのでなく「ホーリーデー」として設定する。そのような体験は決して忘れる事が出来ず、さらにその日付近になると季節の香りまでもがフラッシュバックの引き金になる。なので、そのことがあった日を「ホーリーデー」としてわざわざ意識的に祝う。そうすることで、事件当日の記憶に年々新しい記憶が割り込んでくる。事件を忘れることはないが、新しい記憶も一緒に呼び覚ますことで、衝撃を薄める。そして、その日を意識することでいつも以上に自分を守って安全に暮らす準備を整えるのだ。

私の場合は後者の「ホーリーデー」に当たるのが5月1日。

でもさ！　そんなこと言えなくない?!　それでやっぱり私は何となく縁起の悪い理由を適当にごにょごにょ言ってみるんだけど、そこは躁転よっちゃん！　本人的にはナイスアシストのつもりで「女って記念日大事だからねー。守らなかったら、後々ずっと言われて恐いよ～」と、まだ付き合ってもいない私と裕二に力説した。裕二にとっては強迫神経症二人組の脅迫的な恐喝である。

108 Steady&Co.『Only Holy Story』（2001）。Dragon Ash の降谷建志などが参加しているユニットの J-HIPHOP。降谷建志の奥サマ「MEGUMI」が「子どもがパパの影響で童謡をラッパー調に歌う」と嘆いていて笑った。

酔っ払ったよっちゃんが「ニッポンの政治」とやらを語り始めたところで丁度デザートタイムになり、一同はこの会を終え帰路に就いた。何故か私は二人に見送られ、裕二はよっちゃんを送って行った。マジで心配だったんだと思う。

帰宅してから、食事のお礼と共に「次は二人で会いましょう」とメールで提案すると「是非そうしましょう」と返ってきた。もしかしたらよっちゃんの振る舞いはここまで見越しての計算的なものだったのかもしれない。

分かりあえやしないってことだけを分かりあうのさ[109]

さて、裕二は2、3回のデートをこなして私に「付き合ってください」と告白してくれた。その2、3回のデートについて簡単に記すと「2時間くらいで、一緒にご飯を食べた」であり、もうちょっと付け加えるなら「会話が噛み合うことはなかった」である。

さらに詳しく話させてもらうと、裕二は待ち合わせに必ず「今から行く食事処の食べログと地図のコピー」を持参しており、そのコピーを進行方向にクルクル回しながら私を連れて行ってくれた。

「今仕事が忙しくてごめんね！　この後も会社に戻らなくちゃいけないんだ」という裕二の

事情は、私に「頑張ってお仕事してるのね」「そんな中、デートしてくれるなんて」という尊敬の念を抱かせたが、必然デートは2時間くらいで終わらせなければならなかった。クルクル回しながら辿り着いた時点で、残りは1時間ちょっとである。

メニューを見て注文をして早速会話を開始したが、食べたり飲んだり頼んでいたものが運ばれてきたり、まぁゆっくり会話を楽しむ余裕などなかった。さらに裕二はいわゆるコミュ障であり、私より遥かにマシだとしても、コミュ障同士の会話は難航する。なので、このデートの慌ただしさはこのコミュ障カップルをかなり救った。

それは「何度かお会いしましたよね」的な内容しか得られなかったにせよ、「数回デートを重ねた」という大義名分を与え、「告白」をするのに不自然ではないくらいの建前にはなった。

「付き合って下さい」

電通ビル最上階のレストランで裕二はそう言ってくれた（領収書ではなくオズモールクーポ

109 フリッパーズ・ギター『全ての言葉はさよなら（camera full of kisses）』（1990）。渋谷系と呼ばれたJ-popの王子様たちフリッパーズ・ギターの『カメラ・トーク』というアルバムに収められている曲。歌詞の「分かりあえやしないってことだけを分かりあうのさ」より。サンプリングに満ちた彼らの曲は名盤『ヘッド博士の世界塔』など、著作権の関係でサブスクにあまりのらなくて悲しい。元渋谷系にいまだに響くこのフレーズは、昨今流行りの哲学対話のテーマとしても用いられたりする。

ン使用）。内心キターーーー！[110]だったが、従姉のお姉ちゃんが40歳を過ぎてからダーリンを捕まえたときの名台詞を拝借させてもらった。

「私もこの歳なので結婚を考えたお付き合いでないと……」

従姉が聞いたら「月美は27のくせに！」とぶっ飛ばされるだろうけれど、幸い宮崎に住んでいるし。実際、私の方がどげんかせんといかん！[111]

私は汐留のレストランと己の場違い感に圧倒されながら、従姉から賜った名台詞を絞りだすように言った。そこらの安居酒屋だったら裕二の首根っこをひっつかんで目を血走らせながら言ったと思う。図らずも控えめな物言いが功を奏したのか、はたまたこんなところで「いや、それ重すぎるっしょ！」とは言いづらかったのか、裕二は私の申し出をＯＫしてくれてめでたく！付き合うことになった。「結婚前提」で。

未知との遭遇。[112]私の欲しいものは私が手に入れられないものである。[113]

ようやく仕事が落ち着きだした裕二と、休日デートをしようということになってサンデー毎日[114]な私はプランに困った。とりあえず裕二が「休日はカフェを巡っています」というので、お勧めのカフェに行く事になった。案内された先はタリーズだった。

電車代さえ困窮する私が、なんとか自転車で行ける繁華街が六本木だったため「この辺よく知らないんだよね」と言い訳する自称カフェ巡りが趣味の裕二と、六本木のタリーズに入った。さぁ、何話そう。

隣の席の黒人みたいに「what's up?」と言うのが躊躇われたため、「最近お仕事どうですか?」と聞いたが「落ち着きました」~fin~。ですよね、だからこうやって昼から会ってるんですよね。「月美さんはどうですか?」と裕二も果敢にワッツア?を試みたが、万年休業状態なため「ぼちぼちです」と関西人バージョンで返した。~fin~

焦った私は、もうフリースタイルダンジョン[115]よろしく裕二に詰め寄り、「親に感謝?」「レ

110 「ｷﾀ━━━(゜∀゜)━━━!!」AAより。インターネット老人会では令和の今なお使われているネットスラング。元ネタはサンテFXのCMで織田裕二が「来たー!」って叫んでたやつで、それを反転させたのがザキヤマの「来るー!」って本当に野暮な解説だね。

111 東国原元宮崎県知事が使って2007年の流行語大賞になった宮崎弁。東国原英夫は元たけし軍団で「そのまんま東」って名前の時に、北野武がまだ「ビートたけし」って名前で撮った『みんな~やってるか!』(1994)って映画にも出ている。

112 スティーブン・スピルバーグ監督『未知との遭遇』(1977)。原題は『Close Encounters of the Third Kind』で直訳すると「第三種接近遭遇」のSF映画。スピルバーグは元々TV出身の映画人で、だからこそ映画賞の選考にNetflix作品を取り扱うかの議論がなされた時に反対意見を表明した。気持ちはわかる! でも!

113 岡崎京子『恋とはどういうものかしら?』(2003)。短編集の漫画。ラストに収録されている『にちようび』の「あなたの欲しいものは　あなたの所有していないものである。」より。昔からこの『にちようび』みたいな作品を読んでいた私は、あんまりエコとか環境問題とかに興味が持てなかったんだけど、『D2021』というイベントを知り Dialogue を聴き始め、今結構ハマってる。かなり実験的なイベントで私じゃ説明し切れないんだけど、#D2021 の Dialogue 企画 Vol.1 は「ごみと資本主義」。興味のある方はggってね。坂本龍一や永井玲衣が出てるよ。

114 毎日新聞出版から出ている週刊誌『サンデー毎日』。定年退職したら皆一度は使うことが定められている鉄板親父ギャグ。

ペゼン地元?[116]」なリリックをゆるふわコードに直して家族構成や生い立ちを聞いた。そこで語られた裕二の話は、ここが六本木であることを忘れさせるほど晴耕雨読な内容で、急にフリースタイルは宮沢賢治調に変わった。

裕二は関西の農村生まれ。親は農業と牧畜を営み、姉は結婚して近くで介護士を。弟は実家を二世帯にして、その農家を継いでいるということだった。

悪そうな奴は大体友達[117]どころか米も野菜も身体に良さそうなものは大体作っている裕二のご家庭のお話は、いつも想定の範囲外をいく私でも想定できなかったものだった。東京タワーのお膝元に暮らす私にとって、食べ物は工業製品であり、飢えた経験もなければ植えた経験もない。

裕二のパンチラインに打ちのめされた私は「何ソレ? 超ヤバくない?! 良い意味で!」を略して「イイネ!」と推した。裕二は田舎者である自分をものすごく恥じていたが、私は「お前、今オーガニックとかLOHASとか超イケてんの知らないの?!」をオブラートに包んでさらに推した。

申し訳なさそうに「月美さんは?」とマイクを返す裕二に、私はもう、姉がどうだとか弟がどうだとか親友がどうだとか、いっぱいいっぱいいっぱいの背伸びする気もなくなって、最近受かった週二回のアルバイトをさも正社員で毎日働いているかのように盛るだけにした。裕二はグイグイ行く私と真逆で、あんまり背伸びして威圧感出すと、土管に駆け込むザリガニみたいに逃げて行っちゃいそうだったから、なんとかスルメあたりの話で釣り上げようと決めた。

そんな心優しき素朴代表の裕二と付き合っても私は不安でたまらなかった。振られちゃったらどうしよう。そしたらまたイチから婚活するの？　沢山の不安な気持ちは他の男の人に連絡を取り続けることで紛らわせた。

「彼氏が出来た」なんておくびにも出さず、次のデートが出来ない言い訳をいっぱい考えて、「忙しくて参ってる。会えないけど精神的に支えて欲しい」とメル友の依頼を発注しまくった。そうやって保険をかけて、気を紛らわせて、愚痴を吐いて、ギリギリ裕二との関係性を保ち続けた。

115　テレビ朝日系でやっていたラップバトル番組『フリースタイルダンジョン』（２０１５〜２０２０）。従来のＭＣバトルにＲＰＧ要素を入れてクラブで収録。ラップカルチャーをカウンターではなくメインで放送していた番組なんだけど、ついこの間（２０２０年6月30日深夜）終わっちゃったー！

116　90年代後半から00年代前半にかけての日本におけるラップブームは、だいたいこの二つしか言ってなくね?って揶揄されていた。でも、リリックもトラックも日本のガラパゴス文化の中で進化してる。２０２０年になってもラップカルチャーがメインストリームになっていない日本で、頑張れ！　ラッパー達！

117　Dragon Ash, ACO, Zeebra による『Grateful Days』（１９９９）という J-HIPHOP の一節。このフレーズを歌った Zeebra は２０２０年5月に初孫が産まれ、Zee 改め爺に！　おめでとうございまーす！

もちろん精神科では主治医やカウンセラーに「死にたい」「疲れた」「もうやだ」「引きこもりたい」「でも結婚したい」と嘘偽りのない気持ちをぶつけまくっていたけれど。それをまたゆるふわ言語コードに直して、他の男の人に吐き出し続けていなければ耐えられないほど、私には一人の人との関係性を良好で有効な方向に保ち続けるなんてことが出来なかった。

聞かれてもはぐらかす。その場しのぎだ[118]！

何度かデートしても裕二から「精神科行っているの？」なんて質問はフツーに出てこないから、私は何も言わなかった。でもやっぱりなんだか変な私に、裕二は一度「不定愁訴？」って聞いたことがある。しかしガチガチの精神病院にしか行っていなかった私は、そんなはんなりほんわかワードを本当に知らなくて「何ソレ？」と聞き返したことで、裕二はＮＯなのだと解釈したみたいだった。まぁ解釈は人それぞれだしって放っておいた。

私たちのデートはカラオケばかりだった。同世代だからって建前だけど、本音は全く会話が噛み合わなかったからである。育ってきた環境が違うから好き嫌い[119]はどころか、共通の話題も言語もなかった。お互いが歌う曲すらも知らなかったけど、裕二が歌っている間に私はタバコを吸いに行けたので良かった。裕二はカラオケが村になかったので、社会人になるまで行ったことがなく、カラオケデートなんて高校生みたいなことも新鮮だったようだ。因みに、高校生の時はタバコを吸うために日々カラオケに溜まっていた私にとって裕二の音痴は耳を疑うくらい新鮮だった。

カラオケの次はプリクラを撮ったこともある。どこまでも高校生のようだが、もちろん裕二は初体験だ。実はプリクラ機のアカウントも持っていて、撮った画像を携帯に転送出来るようにまでしている私は、「俺についてこい！」と裕二をプリクラ機の中に押し込んだ。

するとそこに、前に撮った人が忘れた財布が落ちていた。私は「もし触ったら盗ろうとしていると疑われるから、速攻店員を呼んでこよう」と思って、密室であるプリクラ機の中から急いで出た。すると後ろから裕二がなんの躊躇いもなく財布を持って出てきて、悠々と店員さんに届けたのだ。私はその差に、今まで私と裕二が受けてきた人物評価の差を感じて、

118　TBS系テレビドラマ『半沢直樹』（2013・2020）。池井戸潤による「半沢直樹シリーズ」（『オレたちバブル入行組』（2004）『オレたち花のバブル組』（2008）『ロスジェネの逆襲』（2012）『銀翼のイカロス』（2014））と呼ばれる小説をもとにしたテレビドラマ。主人公・半沢直樹の決めゼリフ「やられたらやり返す、倍返しだ！」より。オジサンたちの心をグイグイ掴みまくっている時代劇のような展開が続く作品。オジサンたちの顔のアップが多用されるため、私は見る度「CGとか発達した時代でよかった……」と思ってる。

119　山崎まさよし作詞作曲『セロリ』（1996）。SMAPが歌ったり山崎まさよしが歌ったりしているJ-pop。歌詞の「育ってきた環境が違うから好き嫌いはイナメナイ」より。中学の頃からサブカルクイーンの名を欲しいままにして来た私だが、裕二に連れれて「B'z」のコンサートに行ったことがある。それを投稿したFBに一番イイネが付いた。逆に「もうB'z聴くから！　神聖かまってちゃんとか聴かないから！」（byモテキ）である。

なんだかすっごく安心した。私みたいに扱われてこなかった人なら大丈夫だって思った。

恋人が正体不明[120]

季節が冬になり、街中がクリスマスムードになる頃、裕二にミキモトのクリスマスツリーの前で待ち合わせて点灯とイルミネーションを見てから食事に行こうと誘われた。私は冬季ウツでもなんとか外に出て過ごしている自分と、今まで引きこもっていたから銀座のすぐ近くに住んでいるのに見たことなかったミキモトのツリーを見られた喜びですごく感動した。裕二は「女の子はやっぱりイルミネーションとか好きなんだな」って素朴な結論を出し、その後のデートは全てミキモト前になったから、正直飽きたけど、方向音痴二人が無事会うには同じ場所でちょうど良かった。一番の盛り上がりが待ち合わせという単調なデートもその後は続いた。

でもやっぱり、人と会い続けるのも外に出続けるのも、私には相変わらずキツくって何度もドタキャンした。結婚したときに嘘がバレたら困るから、法事でも会わないくらいの遠い親戚にバタバタと死んでもらうことにした。そして「こんなに身内の不幸が続くと、何か幸せな報告で両親を喜ばせたい」と圧をかけるのも忘れなかった。

初めての映画を観に行こうとの約束も当日のドタキャンをかまされた裕二は、気合いを入れて取った「カップルシート」で一人観ることになった。以後、裕二に映画に誘われることはなかった。

そうやって、その場しのぎで当たり障りのないデートを続け、お互いがお互いをわかりあうことなどなく、分かりあえやしないってことも分かることなく、私たちはそろそろ本題に入ることにした。正直、他に共通の話題もなかったし。裕二は私の「入籍希望日」に向けて、これからのデートを逆算しようと提案して来たのだ。

この時点で裕二にとって私は一応「結婚相手として付き合っている女の子」であり、色々見定めてはいたんだろうけど、別に決め手もなければ失格理由もない、といった所だと思う。だからボロだけは出すまいとお付き合いを続けた。もうボロボロだけど。

そして裕二は「一泊で温泉に行こう」と恐怖の提案をして来た。

裕二だって不安だったのだ。出会ってわずかしか経っていない女と結婚をしてしまうのは。だから「婚前旅行」という名目で丸一日以上過ごし、私を査定したかったんだと思う。要す

120 松任谷由実『恋人がサンタクロース』(1980)。通称「ユーミン」のクリスマスJ-pop。ユーミンって本当に偉大だなって一番思ったのはジブリ映画『風立ちぬ』(2013)を観たとき。賛否両論ある映画だけど、主題歌『ひこうき雲』(by荒井由実。ユーミンと同じ人)は誰しも素晴らしいって思うじゃん。

るに審査合宿だ。私は、化粧の下のスッピンも、色々隠していたり繕っていたりすることも露わになりそうで怖かった。でも本当は、裕二も裕二で露わにしなければならないことがあったのだった。

ぼくらが旅に出る理由[121]——カミングアウトは温泉のあとで[122]

「神谷町のジョナサンに実印持って来てくれない？」

「カネなら貸さないよ」

平日昼間のファミレスに、親友は仕事を抜けて来てくれた。婚姻届の証人になってもらうためだ。旅行の提案にビビりまくった私は「ピンチはチャンス！」と中学のとき塾の先生が言っていた言葉を思い出し、旅行の恐怖をさらなる困難で上書きしようとしていた。

居ても立っても居られなかった私は、さっさと一人で区役所に婚姻届を貰いに行き、書き損じても大丈夫なように予備も多めに貰い、戸籍係に不審がられながらも「次来るときは二人で一枚出すんで！」と更なる不審な捨て台詞で書類を強奪した。

私の側だけびっしりと埋められて相手側は白紙の婚姻届って、男からすればゼクシィより重い。でもコンビニで買ったボールペンでさらさら証人欄を埋めてくれた親友は「ねぇ、この結婚って全部あんたの妄想じゃないよね」とタバコの煙で吹き飛びそうなくらい軽薄に判を押してくれた。

私は妄想にならないことを祈りつつ、ドリンクバー代も親友に奢って貰い、その日の夜から裕二と一泊二日の温泉旅行に行った。

が、この旅行は裕二の企画だったにもかかわらず、裕二が自爆することによってつつがなく終了したのだ。まず温泉地には新宿から出る長距離バスで行った。久々のバスで忘れていたのだろうが裕二はものすごく乗り物酔いをした。行き道にきゃっきゃとはしゃいだり、二人の未来について語り合ったりをすることもなく裕二はひたすら吐き気に耐えていた。私は時々ポカリとか差し出していれば良かった。

温泉宿についても暫くは裕二が横になり快復するまで私は無駄口を叩かず横にいれば良か

121 小沢健二『ぼくらが旅に出る理由』(1994)。渋谷系の王子様、小沢健二(通称・オザケン。オリーブ少女は「小沢くん」と呼ぶ)によるJ-pop。2017年のフジロックフェスティバルに出演した小沢健二は「みんな! 本当にありがとう! 愛してるよ!」と言って車で去っていったんだけど、土砂降りの豪雨の中でギュウギュウ詰めの客席にいた当時妊婦の私は、完全に私の方が労られるべき身体状況なのに、全く庶民の気持ちを慮らずに爽やかに去るオザケンの姿に王子様の王子様らしさを感じて、更に惚れた。そして、私も王子様も、みんなフツーの宇宙の人で魔法的。

122 東川篤哉『謎解きはディナーのあとで』。櫻井翔主演でテレビドラマ化もされた小説。櫻井翔は所属するジャニーズグループ「嵐」の『A・RA・SHI』ではラップも担当。「サクラップ」とか揶揄されているけど、私はジャニーズ-popらしいJ-popですごく良い曲だと思ってる。「そうさボクらはsuper boy!」なんて、かなりyou are "cool"。でもずっと最後の歌詞を「あーらし! あーらし」だと思ってた。

ったし、なんならお土産コーナーでも見て回っていれば良かった。

あっという間に食事の時間になり、部屋出しではなく大広間で食べなければいけなかったので、周りのカップルがラブラブご歓談の最中に結婚後の金銭面とか譲れない生活習慣の話はしづらかった。

部屋に戻ると私は真剣な話をされる前に「温泉に入りたい」と言った。この「タイミングを無視してはいるが、温泉旅行に来たのだから至極まっとうな主張」を却下するわけにもいかず、私と裕二は仲良く大浴場に行きそれぞれが女湯と男湯に入り出てくるまで、当たり前だけどバラバラだった。

要するにこの旅行は私を丸一日審査する予定で組まれた企画だったのに、ほとんど会話すら出来ずに夜が更けたのである。通常女のほうが男より風呂が長いと言われるがもともと風呂嫌いの私。さっさと入ってさっさと出て男湯女湯の共用入口で裕二を待っていた。なのに、待てど暮らせど出てこない。携帯に掛ける。出ない。部屋に戻る。居ない。結局30分以上待っていたら、男湯からおじいちゃんに肩を担がれた裕二が出てきた。聞けばサウナに入りすぎてふらふらになって脱衣所にいたところを心配したおじいちゃんが水を与え運び出してくれたそうだ。こんなときに体も頭も大丈夫か裕二。親切なおじいちゃんは私を見付けて裕二を託し、「夜を楽しめよ！」と下品なハンドサインと共に去っていった。

脱水でフラフラな裕二を部屋で看病しつつ、私は婚姻届を取り出して迫った。「初めての旅行で、二人で婚姻届に記入するなんてロマンチックだよね♥」。二人でも何もお前の分は既に記入済みで実印まで押してあるだろ、と突っ込むほどの体力もなかった裕二は私に支えられ、私の用意したボールペンで、私が持って来た婚姻届に記入してくれた。

ほとんど押し売りに羽毛布団とか買わされている状態だった。ロマンチックよりもクーリングオフの方が気になっていたであろう裕二は、証人の欄と戸籍謄本の取り寄せを理由に、婚姻届は未完で終わった。完璧に書けば温泉旅行から帰ったその日に提出されるかもしれないと恐れたのだろうし、私もそうしない自信がなかったので裕二が預かることになった。

でも、カミングアウトはあった。裕二の方から。

「もう俺の脚、気付いているだろうけど」

全然気付いてなかった。裕二の片足には装具がつけられていた。

裕二は高校3年生の時に交通事故に遭って数週間意識不明の寝たきりになったらしい。懸命なリハビリの甲斐あって、元気に生活出来るようにはなったが片足に障害が残った。今は装具をつけて片足を松葉杖代わりにしながら歩行している。でもいつかは切断しなければならない。そんな俺でもいいのか、と裕二は聞いた。

「え？　全然いいけど」

本当に、心底、全然良かった。だって、片足がなくても幸せはあるじゃん。私は自分が足元見られていると疑心暗鬼になっていて、相手の足元にすら気付いてなかったことの方が恥ずかしかった。ヨロヨロしているのは脱水のせいだけじゃなかったんだ、食事が部屋出しじゃなかったのも畳に正座できないからなんだ、とか初めて気付いて申し訳ないなとだけは思った。

裕二は私の肩透かしなリアクションに、残りの体力を全て使って喜び、力尽きて寝た。私はそんな裕二を見ながら、「そんなご立派で誰からも責められないような障害でいいな」なんて最低ないじけ方をして、部屋にあるお着きのお菓子を全部食べて寝た。

「結婚相手を見定めるには旅行にいきなさい。非日常への対処の仕方で相手のことがわかるだろう」などというのは、つつがない日常を送ることが出来ていた者の理論だ。こちとら昨日と同じ今日、今日と同じ明日が来ることが保証されていなかったのだから、毎日が非日常みたいなものだ。

そんな終わりなき非日常の合間を縫って出かけた温泉旅行は一泊二日、無事幕を閉じた。裕二は結婚相手を見定められぬまま、自爆により正体を暴くことを諦めたのか、単に時間切れだったのか、帰路についた。この旅行が私たちを結婚に近づけたのかどうかは忘れたけど、自分のカミングアウトでスッキリした裕二が、バスにすっかりお土産を忘れたことは覚えている。

そのお土産を渡すはずの相手こそが私の正体を怪しんでいた。義姉だ。後に私の尊敬する人No.1に輝く義姉は、私たちの早すぎる結婚への決断を訝しんでいた。バス会社まで取りに行ったお土産と、未完の婚姻届を持って、私たちは裕二の実家に挨拶に行くことにした。ちょうど桜が咲き始めた頃だったから「サクラサク」ことを天にも自助にも主治医にも祈った。

123 宮台真司『終わりなき日常を生きろ』。2回目。

Scene 5

家族にまつわるエトセトラ[124]

義実家にハイカラさんが通る[125]

裕二のご両親に会う日は2週間後あっさりやってきた。裕二の実家は関西の奥の奥の村で「俺の家は農家だし田舎だけれど引かないでね」なんてかわいらしいことを言ってくれた。私は婚活を始めた当初、義理のご両親という仮想敵に妄想を膨らませており「実家が世田谷とかにあって、お義母様に最終学歴とか聞かれたらどうしよう。オペラの話とかされたら。結婚式にはお婆ちゃまから譲り受けた時代遅れの、でも値段は超高いネックレスとか付けろって言われたら……」とソースが昼ドラしか無い杞憂で長いことのたうち回っていたので、裕二に出会って聞かされる家族の話にすごくホッとしたりした。

新幹線のチケットを買ってくれた裕二と東京駅で待ち合わせをして、そこから片道5時間を、裕二はリラックスし私はそれでもやっぱり緊張して過ごした。

裕二はバスと違って新幹線では酔わなかったのと自分のホームに帰る安堵感でふざけたり

していた。私はこれから待ち受ける重役面接に気が重く口数が少なかったが、それがまた裕二をリラックスさせて「大丈夫だって！　取って食われる訳じゃなし！」と息子ならではの呑気な意見でもって、私や私との結婚について詰めるようなことはしないでくれた。

ママに「結婚前提で付き合う彼氏ができて、そのご両親に会いに行ってくる」と伝えると、さすがのママも展開の早さにビビりながら「月美のバイト先の品をいくつか買って持っていきなさい」と的確なアドバイスをくれた。私はバイト先で売っているポケットタオルとお菓子を社割で買って持って行った。

電話で連絡した感じでは、ご両親は私が来ることを歓迎してくれていて、特に裕二のお姉さんは私の顔を早く見たがっていた。最寄りの駅まで迎えに来てもらって車に乗り込むと、お姉さんは運転席で「遠いところをご苦労様」と肩の力が抜ける柔らかい挨拶をしてくれた。肩に力が入りまくりだった私は「へいっ！　よろしくお願いしゃーす！」と元ヤンなのか江戸っ子なのか判断しかねる挨拶をして裕二の実家に向かった。

裕二の実家では皆が優しくて口々に「裕二が結婚できるとは思わなかった」「月美さん、

124　PUFFY『渚にまつわるエトセトラ』（1997）。作詞・井上陽水、作曲・奥田民生の豪華なゆるゆるJ-pop。振り付けは西城秀樹の『YOUNG MAN（Y.M.C.A）』（1979）が元ネタ。
125　大和和紀『はいからさんが通る』（1975〜1977）。大正時代が舞台なんだけど、連載当時のギャグとかを織り交ぜたハイコンテクストなラブコメ漫画。アニメや映画にもなり、宝塚歌劇団で公演もされた。

こんな子やで。よろしくな」と言ってくれて、私は頭を下げながらもバイト先で買ったポケットタオルとお菓子を渡した。それは裕二の実家においてかなりハイカラなものであるらしく、私は都会のハイカラさんとして裕二の家族に受け入れてもらえた。

30年も前に福岡の町娘だったママは、ど田舎で農家の長男である父親と結婚した時に「どこの馬の骨」と言われたらしい。そのママは30年間をかけて父方の実家に誰よりも信頼してもらえる嫁になった。だからこそママは自分よりずっと「馬の骨」感が強い私を心配してくれたのだ。うちの子はハイカラ娘として相手を煙に巻くしかないと思ったのかもしれない。

ママの心配はごもっともでかなりＧＪだったのだけれど、本当は最寄りの駅に迎えに来てくれたお姉さんが私を一目見た瞬間に、裕二の結婚相手として認められていたのだ。

裕二は大学入学からずっと実家を離れて暮らしていた。しかし一向に彼女が出来たという話を聞かないし照れではなく本当に彼女なんていなそうだった。それが急に「結婚することになったから相手を連れていく」と連絡が来た。しかも付き合ってすぐらしい。この展開の早さはなんだ。そうだ！　詐欺だ！　裕二は国籍が欲しい外国人のホステスに騙され偽装結婚を迫られているのだ！

これが裕二の実家でのほぼ確信に近い予想だった。だからお姉さんは私に会った瞬間、肩の力が抜けメールで皆に「日本人やったで〜」と報告し、最寄り駅から50分はかかる裕二の実家に辿り着くまでの間に私が偽装結婚目当てではないことが伝わり、着いたころには既にお祝いムードでいっぱいだったのだ。

私の緊張はしているがカタコトではない日本語や、お祝いのSUSHIの食べ方がわかっていることにみんな安心してくれていた。「なんで入籍日にこだわるんけ?」という至極当然の問いも「私もいい歳ですし。裕二君のことも大好きなので……」と頬をあからめて口ごもると「そうけそうけ」と祝福ムードでそれ以上追及しないでくれた。

私は改めて、都会と田舎の差というか「結婚=良いこと」みたいな図式に驚いて、私が入籍を急かすことに裕二がそんなに疑問を抱かないでくれる理由がわかったような気がした。裕二は地元において「結婚していないやつ=半人前」のスティグマを背負い続けているのだった。東京にいればそれなりに名の知れた企業に勤めている裕二は、地元ではたまたまグループ子会社の経営する同じ社名のガソリンスタンドが近くにあるため「あいつは東京でガソリンスタンドの店員をやっていていまだに結婚もしとらん」と評価されているのにも驚いた。つまり裕二だってとにかく「結婚」をしたかったのだ。

ただたんに生きるのさ[126]

「ほら、月美さんもそろそろ風呂入りたいで。お前、薪くべてこい」とお義父さんが弟さんに言ったときはユーモラスなご家族だなと思ったけれど、裕二の実家はマジで風呂を薪で沸かしていた。

お義母さんに「子どもが出来たらヨウコとハナコ以外の名前にしてな」と言われて、早くも跡継ぎを産めと急かされているの？　やっぱり男尊女卑？　家父長制と資本制[127]！と警戒したら、単に裕二の実家で飼っている牛（ベコ）が最近子牛を産んで、その名前がヨウコとハナコだから混ざらないように違う名前にして欲しいということだった。

私は色々用意していた「私の親ってフランス語の」とか「私は大学時代に茶道部で」とか自分を自分以上に見せるエピソード集を撤回して唐揚げを頬張った。

裕二の実家は、私の父親が幼少から繰り返し自分にも自分の子どもにも言い聞かせてついぞ誰も叶えられなかった「虚心坦懐」の中で、当たり前に暮らしていた。元茶道部の私はお点前なんかより、裕二の実家がお茶の葉すら作っていてほぼ自給自足であることにも驚いた。

東京タワーのお膝元でスノッブに育った私は、あなたたちが牛の餌にしているオーガニックの野菜たちがどれほど貴重なものかって言いたくもなった。でも息子の結婚相手として片道5時間かけて来た都会のハイカラ娘のために、SUSHIや唐揚げをわざわざ車で町に買いに行き用意してくれたのがどういうことかくらいはわかった。数千円払ってLOHASなカフェ飯文化で育った摂食障害の私にだって、この裕二の実家の夕飯が尊いものだってことくらいは理解できた。

みんなでご飯を食べて、薪をくべたお風呂に入って、「それじゃ、月美さんは奥で寝てな。私はベコ見てくるで」とパジャマ姿の私に声をかけてゴム手袋をして牛小屋に消えるお義母さんは、誰が見ても立派だった。

お義父さんは終始人見知っており、酔っぱらった弟さんに禿げ頭をぺしぺしぶたれていた。私の父親は小学校のときから「人の頭というものは大事なのだから気安く触るものではない」と躾け、文字通り頭が高く、子どもたちには必ず敬語を使わせていた。ぺしぺしぶたれながらもビール片手に微笑むお義父さんは、私に対して敬語を使い「月美さんはお姉さんと弟さんがいるのですか」とみんなが聞き終わった質問を、質問という会話をするためにもう一回繰り返していた。ニコニコして酔っぱらってすぐに寝ていた。

126　小沢健二『愛し愛されて生きるのさ』（1994）。この曲ならオザケンのMVがカラオケでも見られるJ-pop。「10年前の僕らは胸を痛めて愛しのエリーなんて聴いてた」って歌詞が出てくるけど、20年前の私は胸を痛めてこの曲を聴いてたよ。
127　上野千鶴子『家父長制と資本制』（1990）。「家族」で苦しんでいる人には是非持っていてもらいたい、お守りのような書籍。内容が理解できなくても、寝る前に読めば難解過ぎてすぐに眠れるから眠剤要らず！

用意してもらった布団に寝ながら、私は「絶対この家族の家族になってやる！」と決心した。これまでも裕二と結婚したいとちゃんと思っていた。でも不安がないわけがなかった。知り合ってまだちょっと。結婚したらこの人と毎日何十年も一緒にいる。私のほうが訳あり物件なのだけれど、それでもやっぱり不安だった。それが裕二の実家でご両親に会ったら不安なんて吹き飛んだ。お姉さんは優しかったし弟さんも楽しかった。

裕二のお母さんは山桜をきれいだと言う。山桜を見て毎年「きれいやね」と足を止める。はっきり言って山桜ってソメイヨシノに比べて地味だし、整備されていない山林の中にゴロンとあるから、私には「ああ咲いているな」としか思えない。しかも私みたいに初めて見るならともかく、お義母さんは毎年何十年もその地味な山桜を見ている。それなのに毎年「きれいやね」と感動している。私は絶対にお義母さんのようにはなれないし、ここには住むことすらできないけれど、お義母さんってすごいなと思った。この人に育てられた裕二ならきっと大丈夫だって謎な上から目線に浸った。裕二は相変わらずただの「婚活相手」だったけれど義実家には惚れた。

翌日、養鶏場をやっている親戚のところとかを回って挨拶をした。方言がきつくて何を言っているかわからなかったから適当にニコニコしていたのが「東京もんなのに控えめな嫁」

と高評価で、私はそのままニコニコだけしながら裕二と挨拶回りを済ませた。

帰り際にお義母さんが炊き込みご飯を「帰りの電車で食べや」と渡してくれて「出発する前にこれも食べてから行き」と茶碗蒸しを出してくれた。お昼ご飯に茶碗蒸しって斬新だなって思っていたら、どんぶりいっぱいの茶碗蒸しの中にはうどんが一玉入っていた。郷土料理的なものなのかと尋ねると「いや、うちだけや。腹膨れるやろ」と言われた。三人の子どもと牛と田畑を育てるってこういうことなのかと思い知り、裕二がデートの時はいつもやたらと良いレストランを予約するのもコンプレックスからなのだとわかった。茶碗蒸しも炊き込みご飯もおいしくて、東京に着いてからもあんなに緊張していたのに過食をしないでぐっすりと寝た。実家で心配しながら待っていたママには「決めたよ」とだけ告げた。

ラスボス登場。敵は原家族にあり！[128]

あとは入籍日までにつつがなく裕二との仲を保っておけばいいだけだ。と高を括っていたら父親から夕飯時に「お前、母さんから聞いたのだが、結婚をしたい相手がいるらしいな」と睨みを利かされた。海原雄山[129]かよ。「はい。お父さんにも一度会っていただきたいと思っています」と言うと「日程は母さんと調整しろ」と父親はビールのもとに戻った。

まずい。父親は絶対に言う。「お前はうちの娘の病気を知っているのか。覚悟はできているのか」絶対に言う。これはあくまでも私のためを思った親心なのだけれど、100%善意だからこそ困る。「あの、お父さん、ちょっとうまいこと専業主婦に収まろうと思っているので、そこら辺のネガティブな事情は黙っていてもらえませんかね」とは言えない。100%善意の人っていつも正しいから困る。正論って役に立たないくせに正論だからやっかいだ。考えた末、私はママに「日曜の午前中に帝国ホテルのロビーでみんなでお茶をしよう。裕二さんを紹介します」と提案した。その提案はママから父親に通り、受理され、とある日曜の午前中にお茶をすることになった。

帝国ホテルは「帝国」の看板に偽りなく、やたら畏まっており日曜なのに裕二はスーツで来た。父親はスマートカジュアルってやつだったけどママも何故か着物だった。畏まった場所で畏まった装いをした私たちは、必然的に振る舞いも畏まっていた。

私が「お父さん。こちらが今お付き合いをさせていただいている裕二さんです」と紹介すると父親は「やぁ」とだけ言って席に着いた。裕二は「お付き合いさせていただいている裕二と申します」と私の言った情報に足しても引いてもいないことを言って席に着いた。集まる前からみんな知っている情報だけを共有して場は膠着した。

ママはこの場を何とかほぐそうと「あら、このケーキおいしそうね。裕二さん、食べない？」とか言って紅茶とケーキを注文し、私は「場よ。ほぐれてくれるな」と頑なに裕二と二人でコーヒーだけを頼んだ。場がほぐれたら病気のことを言われる。父親はいつもなら何はなくともビールなのだけれど、「帝国」で午前中にしかも一人だけビールを頼むのが憚られるのか同じくコーヒーを頼んだ。

まったく誰からも発言がないまま膠着した我がテーブルにコーヒー3杯と紅茶とケーキが運ばれ、皆が飲むという作業があることに救われた。コーヒーってこんなに色々背負わされてさすが漆黒、闇深しとか思っていると、ママが「裕二さんはお仕事場がこの辺なの？」と遠回しに何でスーツなのか聞いてきた。

裕二はてっきり「うちの娘と結婚しようなんて、どこの会社に勤めているのだ」的な値踏みだと思い、慌てて名刺を出した。急に名刺を出されたから父親もビックリして自分の名刺

128 『明智軍記』（1688〜1702?）。著者不明。明智光秀を主人公とする軍記物の書物。明智が本能寺の変（1582）の時に、討つべき敵は本能寺にいる織田信長である、ということを示した言葉らしい。私は高校中退して、通信で卒業資格取って、センター試験も受けてるし、選択科目は日本史だったんだけど、マジで歴史何もわかってない。日本史の教科書を全部自分で音読したテープをひたすら聞いて丸暗記しただけだから、センター翌日には全部忘れた。だから最近の文化系とカラオケ行くと「レキシ」（池田貴史による音楽ユニット）をよく歌われるんだけど、「超ウケるー」と偏差値3くらいのリアクションをして終わる。

129 雁屋哲『美味しんぼ』（1983〜）。何回目？　主人公の父、海原雄山は世の中の全てに対して威圧的。食通が過ぎて、気に入らない料理が出るとひっくり返してキレる。そしてうちの父親も、初めて大画面液晶TVを購入し浮かれてたその晩に、酔っ払ってちゃぶ台を返し、せっかくの大画面を割った。翌日から「半画面再生」の機能を使って、割れた大画面の半分を見ながら晩酌していた。女将を呼べー！

を出して、何故か名刺交換をし出した。そのあとはサラリーマン同士の悲しい性、名刺交換後に行われる一通りの「部署内ではどんな仕事をしている」とか「最近同業者内では景気が」だとかの形式的な会話を父親と裕二は頑張った。組織の中でガンバレ、サラリーマン！とミスチル[130]なことを考えながら、私はその間にケーキを一気に食べてコーヒーを飲み干し「お父さん、私と裕二さんはこの後用事があるので失礼します。今日はわざわざ時間を作って下さってどうもありがとうございました」と今日イチちゃんと喋った。集合してから一時間はギリギリ経過したし。

父親は予想外に話が盛り上がらず、予想外に疲れるこの会をさっさとお開きにしたかったのか「あぁ、そうか。わかった」とだけ言って伝票をママに渡した。ママはきょとんとしながら「顔を見られてよかったわ」とそれしかないよね的な感想を言い会計を済ませた。裕二は自分の親と全然違う畏まったご両親とやらに会って、一時間でちょっと痩せていた。

私と裕二は、両親に頭を深々下げてからダッシュで日比谷公園に逃げた。帝国ホテルの目の前にある日比谷公園は徒歩1～2分とは思えないほど寛げて何にも畏まらなくてよかった。「緊張したー」とため息をつく裕二にお疲れさまとお礼を言って、私も安堵した。これで「結婚前に両親への挨拶」を済ませたぞ！　私は親に黙って籍を入れるわけじゃないからな！　顔も見せたし職業も分かったし、男同士で話もしていたし。父親にも裕二にも何を言うなとか言っていないし、詳しい話が出来なかったのは私のせいじゃないからな！と投げやりな気持ちと達成感に満ちていた。名刺交換がハイライトって日本人の奥ゆかしきガラパゴス文化に乾杯。

この一時間が私の両親に対する婚前に見せた唯一の儀式であり、これで充分だと今でも思っている。私は「娘から妻になってみせる！　私の家族は私が作るのだ！」というご立派な建前と「都合が悪いことは全て隠したままで、さっさと結婚してやる！」という腹黒いより崖っぷちな本音でいっぱいだった。何が正しいとか何が間違っているとか考えもしなかった。だって結婚は私の生存戦略そのものだったから。倫理や道徳の介在する余地もなく、私は入籍日が早く来るように祈りながら、疲れて寝た。

プロポーズに体を張れ[131]

裕二は自分の周りに私を紹介し始めた。自分では見定められなかった正体を誰かに暴いて

130　Mr.Children『everybody goes ～秩序のない現代にドロップキック～』（1994）。歌詞の「組織の中でガンバレ　サラリーマン　知識と教養と名刺を武器に」より。通称「ミスチル」の痛快 J-pop。皆、病んでる～♪　必死で生きてる～♪

欲しかったのかもしれない。私は二人きりのデートのときよりも気合いを入れてボロを出さぬよう、結婚相手キャンペーンガールとして皆様に愛嬌を振りまいた。

「結婚しようと思っている彼女」と紹介されると、裕二の心美しき友人たちは皆、裕二を下げ私を上げて祝福してくれて詮索するような真似はしなかった。「もうプロポーズされたの？」と質問者本人は特に興味もないであろう社交辞令な質問に乗っかって私は「まだなんですけど、すっごく期待しちゃってるんです♥」と裕二にプレッシャーを与え続けた。「俺、そういうの苦手なんだよね……」と引き気味の裕二に心美しき友人たちは「一生の思い出なんだから、そのときだけは歯が浮くようなことを頑張れ！」と励ましていた。もっと言え。あと10回は言えと思いながら微笑むだけにしておいた。

義父が証人の欄を埋めた婚姻届と裕二の戸籍謄本まで手中に収めた私は、緊張の糸も切れて、入籍までの間ずっと過食して過ごしていた。なんなら入籍当日まで裕二と会わないでボロを出さぬままでいたかった。でも私が与え続けたプレッシャーと友人たちの言葉を鵜呑みにした裕二は、入籍の数日前、「今更やる？」みたいなタイミングで私をカレッタ汐留最上階の「なだ万」に呼び出した。

東京の夜景を一望できるカウンター席に通されたが、あいにく震災後（時は２０１１年）の節電でただただ真っ暗だった。自らの心象風景を見せられているような気分になりながら、ビル風と余震でガタガタいう窓ガラスに過食で浮腫んだ姿を映しコース料理が始まった。美味しいんだろうけど、真っ暗でガタガタいうでかい窓ガラスに気を取られ過ぎて味はよくわからなかったし、量は絶対的に少なかった。周りを見渡すとTHE老害なおじさんたちしか居なくて「コネの使い方っていうのはよ〜」と上機嫌に酔っぱらっており、この店で領収書切らないのは私たちだけだろうなとか考えていた。

裕二は言葉少なにコース料理を平らげ、〆の桜えびの炊き込み御飯を一気に流し込んだ後「かっぱえびせんの味がするね」とだけ言ってトイレに立った。さぁ来るぞ来るぞプロポーズ！と思っていたのに30分くらい待たされてお新香をぽりぽりするにも限界が来ていた私は「月美！」と初めての呼び捨てに振り向いた。そこには燕尾服で真っ赤なバラを抱えた裕二が立っていた。コネの話をしていたおじさんたちも止まった。

「月美！　この赤いバラは一つずつ意味がある！　誠実・愛情・ちくわぶ・大根・はんぺん……」と私には途中から裕二が好きなおでんの具を言っていたとしか記憶にないのだが、どうやらブーケというのは元々12?本で？　その一つひとつに意味があり？　それらの誓いと共に、この花束を渡します。ということらしかった。しかも頑張って暗記して来たはずの12

131　スタンリー・キューブリック監督『現金に体を張れ』（1957）。原題が『THE KILLING』なのでカッコイイ邦題としても有名な映画。ちなみに「現金」の読み方は「げんなま」。

の意味を途中途中忘れ間違え「あれ？　これ言ったかな？」みたいになって、店内に居る誰もがハラハラしながら「頑張れ！　もうちょっとだ！」と初孫の学芸会を見に来たような気持ちになっていた。

お新香を慌てて口の中に放り込んだ私は「燕尾服ってマジで尻尾付いいててペンギンみたいだな」「なんでこの企画が個室じゃないんだ」「てゆーか、スーツ↓燕尾服ってスーツでよくね？」と、部外者になりたい一心で裕二を見守った。

ようやく全部言えて「結婚してください！」が来たので速攻「はい！」と答えてバラの花を奪い取って机の下に隠した。周りの皆様に申し訳なく一杯ずつ奢りたいくらいだったが、周りも拍手とかした方が良いの？と態度を決めかねているところ、店中にコブクロの『永遠にともに』が鳴り響いた。そう、陣内智則が藤原紀香に結婚式で弾き語り、後の破局と共にお蔵入りまで危惧された迷曲だ。店側もこれをリクエストされた時点で止めろよ。迷曲とともに運ばれて来たケーキには花火っぽい蝋燭が付いていて慌てて吹き消したが、その後店員により撮られたチェキには浮腫んでいるのに明らかに引きつった顔の私と、一仕事終えてすこぶる満足そうな顔の裕二がケーキを持って写っている。

店も客も私たちが帰った後、さぞ話が弾んだことだろうが、無事にプロポーズが終わった私たちカップルは逃げるように店を出て余韻に浸ることなく各々の自宅に戻った。バラを抱えながらやってくれたなと泣きが入っている私を見て、ママはやったわね！と喜びいそいそとバラの水切りをした。翌朝顔にニキビが出来ていたのは過食のせいでも化粧を落とさなかったからでもないはずだと、ストレスニキビを潰しながら、念願のプロポーズを思い出しては悪い意味で悶絶した。

ナイトメアー・ビフォア・マリッジ[132]

入籍前夜、「逃さへん、逃さへんで！[133]」と裕二を捕獲することしか私の頭の中にはなかった。明日には夫婦になるのに、全然実感も安心感もなく、隙があれば「やっぱりやーめた」と裕二が逃げて行ってしまうと思っていた。

当日の朝に「ごめん！　寝坊した！」とメールが来て音信不通・「色々考えたんだけど仕

132　原案・原作ティム・バートン『ナイトメアー・ビフォア・クリスマス』（1993）。ディズニー製作のミュージカルアニメーション映画。ディズニーとティム・バートンの仲は近年増してきてるみたいだけど、私はティム・バートンなら『シザーハンズ』（1990）と『マーズ・アタック！』（1996）が好き。だって『ダンボ』（2019）なんて、絶対アニメーションの方（1941）が良いじゃん。

133　安野モヨコ『ハッピー・マニア』（1996〜）。高橋がシゲタの実家に結婚の挨拶に来た時のシゲタ母のセリフ。シゲタは高橋から逃げ回り、シゲタ母は高橋を「このチャンスのがすかーのがさへんでー」と。うちのママは裕二が結婚の挨拶に来たとき「返品不可ですから」と裕二の目をまっすぐ見つめながら言ってた。

切り直そう」と言われて予定は未定の延期・もうただただ着拒……考えるほど碌でもない未来予想図[134]しか描けなかった。

この結婚が不幸なものになるかもしれないという不安ではなくて、そもそも無事に結婚できないかもしれないという不安だった。それほど私は力技でここまで持ち込んだことを自覚していたし、そこに二人の愛とか信頼とか築けているとは思えなかったし、何より遠い未来を不安がれるほど現在に余裕がなかった。結婚できて不幸になっても、どん底の今を続けるよりはマシなはずだ。

裕二に考える隙を与えたくなかった私は「独身最後も夫婦初日も一緒に居よう♥」と言ってホテルに前乗りする計画を立てた。その日は土曜日、入籍予定日は翌日曜日で、「区役所の不手際とかあって受理されてなかったら心配過ぎる」と時間外受付に出すのが少し嫌だったけど、自分から頼み込んだ日付だったので飲み込んだ。

「二人きりになって、改めて将来の話とかするのかな。変なこと言っちゃって裕二の気が変わったらどうしよう。私だってこんな家族を築きたいみたいな理想はあるけど、どう伝えたら良いのかな」。困惑した私は名著に頼ることにした。『メンヘラ版100分de名著[135]』を企てたのである。

夕飯を終えてホテルに入って、ひとっ風呂浴びて、さぁくつろごうとした裕二の前には世界の名著『星の王子さま』が広げられていた。そして私は前フリなしにいきなり朗読し始めたのだ。唐突に語られるサン・テグジュペリに裕二はあっけにとられ、最後まで全く意味が飲み込めないまま聞いてくれた。

終わった後「……良い話だよね」と全世界共通の感想を言って、話に反してホラーに冷えた空気の中、電気を消して寝た。

今も申し訳ない気持ちでいっぱいだが、そのときの私は「名著なら変なこと言ってないだろ！」「星の王子さまなら私も知ってる！」「大事なことは目に見えないって、過食で太っても私は私のままだよって伝わるかも！」とマジ目を覚ませお前が何も見えてない三段論法で、裕二の独身最後の時間を埋めたのである。100分もかからなかった。

今なら、酒井順子の『負け犬の遠吠え』や林真理子の『野心のすすめ』でいかに結婚を切望しているかプレゼンした方がまだ聞き応えはある。てゆーか、そういうのいいから備え付けのTVでも見ろよって思うのだけど、そのときはマジで『星の王子さま』が最高で最善に思えたのだ。「全ての大人も昔は子どもだった」って別にアダルトチルドレンの話じゃない

134　DREAMS COME TRUE『未来予想図II』（1989）。「卒業してから　もう3度目の春」で始まる有名J-popなんだけど、高校も大学も中退している私にはピンと来ない。でも元ヤンだから、尾崎豊の『卒業』（1985）はピンと来る。

135　NHK『100分de名著』（2011〜）。聞いたことはあるけど読んだことがない、みたいな名著を100分で解説してくれる番組。私は見ているとき「フンフン。なるほど」と思うんだけど、見終わった後は「伊集院光ってやっぱ頭良いな」しか残ってない。

よ！　サン・テグジュペリもメンヘラに深読みされてたいそう迷惑だろうが、裕二は何も考えたくなくなったのか、結果二人で早く寝た。だからうまくいったんだと思うことにする。

翌朝はせっかくの日曜の朝、ゴロゴロしたがる裕二をせかして区役所に急いだ。日曜日の港区役所は周りも人が少なく芝がのんびりと生い茂っていた。街も人もみんなのびのびしている中、私だけが切羽詰まって、時間外受付の係員さんに婚姻届を提出した。裕二は後ろからぼんやり着いて来ていた。あっけなく受理され、「本当に？　本当に大丈夫なの？」と詰め寄る私に係員さんは「平日来てくださったら受理証明書を発行しますから」と面倒くさそうに言った。裕二はあくびしていた。

ようやく長い婚活にピリオドが打てた私は早く家に帰って過食したかったけど、親友に裕二を紹介する約束をしていたから、皆でお昼ご飯を食べた。私が『星の王子さま』を朗読したことを裕二が「なんの儀式が始まったのかと思った」と明るく笑いに変えてくれたのに、親友は「月美っぽくてマジキモイ」とタバコの煙と共に吐き捨てた。

帰宅して、一言も喋らず自分の部屋にこもって盛大な過食を始め、ママは「ダメになったのね……」と一人悲しんでいた。翌日、胃もたれのまま受理証明書を取りに行って、ようやく息が出来た。

おわりに――そして物語は続く

「お父さん、お話があります」

引越しの準備を全て整えた私は、入籍から1カ月遅れのとある朝、父親に切り出した。

裕二との新居は、物件を見て回る暇がなかったから、とりあえず「社宅」に入ろうということになり、私は荷物をまとめたり引越し屋を手配したり、新しい居場所をガッツリ確保したところだった。

父親は、今までその枕詞で語られる私の話が良いものだったためしがないという経験則で、眉間にゴルゴ並み[136]の皺を寄せながら私の背後に立った。

「なんだ。言ってみろ」

殺られる！　もしくはヤられる！[137]と、こちらも身構えて父親の真正面に回り「裕二さんと

136　さいとう・たかを『ゴルゴ13』（1968〜）。「ゴルゴ13」ことデューク東郷が依頼を受けて暗殺をする、大体一話完結のご長寿スナイパー漫画。ゴルゴ13は寡黙で眉間に皺を寄せ、喜怒哀楽とセリフが殆どない。自分の後ろに立たれることを極端に嫌い、依頼を聞く際も依頼人の背後に立ったり壁に背中をつけていたりする。

137　安野モヨコ『ハッピー・マニア』（1996〜）。主人公の重田カヨコがストーカーに背後から車で尾けられたときのセリフ。こんなネタで使ってしまってごめんなさい。ただ、「性的虐待」の多くは家庭内で起こるとも言われていて、声を上げることのできない被害者が多いため、発生件数もはっきりしない。コロナ禍でもDVや家庭内の性暴力が問題になった。ある程度常識的な親に育てられた人には想像もできないような親って本当にいる。

入籍しました。そのご報告です」とだけ言った。

父親は、天を仰いで「する前に言えよ」とか「なんでお前はいつも」とか一通り文句を言った後、「でも、あれだな、サプライズってやつなんだろ。そうか。わかった」と彼史上一番の若者言葉で自分を納得させ、その日最初のビールを開けた。

後ろから二人を見守っていた星明子[138]、じゃなくてママは「本当に？　ついに！　やったのね！」と私を抱きしめ、事細かに詳細を聞いた。私はママに、新居のことや引越しの日取りを伝え、その後無事に千葉県の奥の奥に新しい居場所をGETすることが出来た。

弟は「姉ちゃんの報告って結婚報告じゃなくて引越し報告だよね」と核心をついたが聞こえない振りをした。

元々夫婦別姓論者だった私だけれど、姓は裕二のものに変えた。目に見える「変化」が欲しかったからだ。そのせいで銀行などの変更手続きに追われたが、私にとってはやることが出来て良かった。

そんなこんなをしていたら、裕二のご両親が上京してくれた。両家顔合わせだ。どうしよう。うちの父親は絶対酔っ払う。酔っ払いが過ぎる。両家顔合わせが帝国ホテルでコーヒーってわけには行かないし。片道5時間かけて上京してくれた裕二のご両親にも申し訳ない。

私はまた策を練った。

まず、実家の近くにある「とうふ屋うかい」にランチの予約を取った。せめてディナーよりランチなら酒量も減るだろう。さらに予約の際に「次々にお酒が注文されると思うのですが、私が良いと言ってから出してください」と頼み、「なるべく頻繁に仲居さんに出入りしていただきたく、お料理の説明も長めにお願いします」と一般とは真逆なリクエストを懇願した。

酸いも甘いも噛み分けた仲居さんは「承知致しました」みなまで言うなと事情を察してくれ、当日もお願いした通りに助けてくださった。

結局、当日の両家顔合わせは、皆が落ち着いて歓談する暇もなく無事に終わった。父親は「頼んでいた酒はまだか」と仲居さんに何度も尋ね、私と仲居さんはアイコンタクトを重ね、裕二は正座が出来ないので用意された椅子に腰掛け一人頭が高く、ママと裕二のお母さんは「このお料理美味しいわね」とばかり言い合い、裕二のお父さんは「乳牛と肉牛の違い」を一生懸命語ってくれた。最後に庭園で記念撮影をして、両家顔合わせの証拠はしっかり残して解散した。

138 梶原一騎原作、川崎のぼる作画『巨人の星』(1966～1971)。主人公、星飛雄馬が父親、星一徹に鍛えられる野球漫画。星飛雄馬の姉、星明子は、父弟の激しいぶつかり合いを、とにかく物陰から見てウルウルしてる。努力・忍耐・根性という私の最も苦手な三大要素がつまった作品。

新婚生活が始まって浮かれまくっていた私は、自転車を漕いでいたら車に跳ねられ、人生初の交通事故で鎖骨を折ったけど全然良い。

なんとか開いた結婚式も、私側だけ友達がおらず、友人代表っていうかお前しかいないだろって呼んだ親友は大幅に遅刻して来やがって、シャワー浴びたてで濡れた髪に乳は半分以上出ているボディコンだったけど全然良い。社交界慣れしている姉のドレス姿が壮絶に美しくて、みんなウエディングドレスの私より姉を褒めちぎっていたけど全然良いし、裕二が式の最後にまた好きなおでんの具を言い始めダダ滑っていたけど、マジで全然良いのだ。

私の「婚活」って試合は一先ず終了した。諦めなかったから手に入れた、新しい家族と新しい居場所、新しい社会的な地位。

でも本当は、私は多くのものを諦めて手放して今ここに居る。それは、恋愛や仲間だったり、理想や思想だったり、ビョーキという免罪符でしがみ付いていたママだったり父親だったり実家だったり。

戻りたいかって聞かれれば戻りたくはないって答えることでしか、まだ自分を肯定できない。だから過食も引きこもりもちゃんと大事に取ってある。

「結婚は地獄の入り口」とはよく言ったもので、ここから私には不妊治療や育児や夫婦関係、さらなる地獄がたっくさん待ち受けているのだけれど。それはまた別の機会に。

それでは皆さん、さよならさよならさよなら。[139]

139 映画評論家「淀川長治」が日曜洋画劇場（1966〜1998）の解説の締め括りに言うセリフ。「サヨナラ、サヨナラ、サヨナラ！」そして、『全ての言葉はさよなら』（byフリッパーズ・ギター）。Goodbye for all!

ウソ婚!!

HOW TO

編

生き延びるだけで精一杯女子的

サバイブ戦略虎の巻

ビョーキのまま社会と繋がること、そのことこそがビョーキの回復に有効なのでは。自身の婚活を通じてそのように考えた私は、『ウツ婚!!』というセミナーを立ち上げ、精神病院の施設で講座を開催しました。集まってくれたのは勿論ビョーキの女性たち。うつ・依存症・強迫性障害・境界性人格障害……様々な病名を持った生徒さんと接して、私と彼女たちの間には共有できる悩みや対処法があることを実感しました。それは病名にとらわれず、もっと私たちが必要としていること。「生活」や「身体」のこと。そして「男性との関係」です。

ここからは、その『ウツ婚!!』で伝えていたスキルとテクニックをご紹介します。もうセミナー講師はやっておりませんが、ビョーキのまま「ママ」をやっている私は今でもこのスキルとテクニックを使って、育児をサバイブしております。

世間の人からは眉をひそめられるような方法論ばかりが載っているかもしれません。でも私たちが生き延びるには有効なものを、したたかさと共にご用意しました。気になる箇所からお読みください。そして自分の好きなようにカスタマイズして使ってみてください。

どうぞ、ご利用は戦略的に。

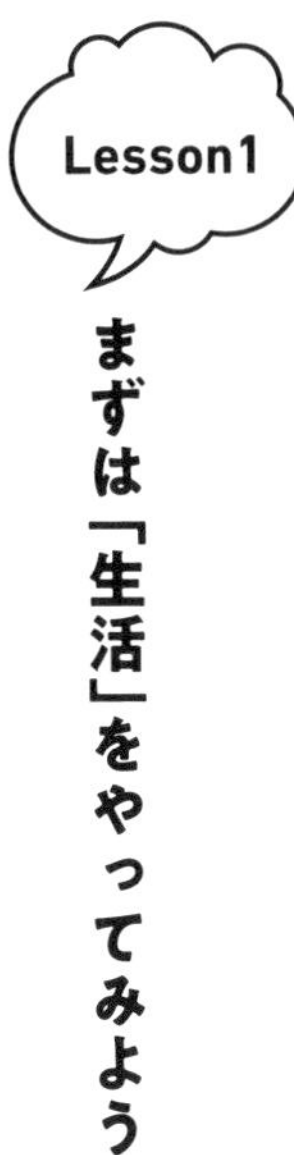

前提を踏まえてモテへ繋げる

ダイエット厳禁

孤立すると人は病みます。多くの人にとって、ダイエットは自分の身体とばかり向きあい続け孤立する作業です。食事制限のために人との食事を断ったり、しなくてもいい運動をしたり買わなくてもいいサプリを買ったり、大事な「人間関係と時間とお金」を削ってしまいます。摂食障害になるかもしれません。無理をして痩せても、そんな身体を好きだと言ってくる男性は元の体型に戻ったら離れていきます。あなたの身体はあなたのもの。身体も時間もお金も、もっと自分に有効に使いましょう。

私はセミナーの講義の冒頭で「アディクション（嗜癖。依存症なら、アルコール、薬物、ギャンブル、拒食・過食など）は生き延びるためのスキル。依存症は病気で自分の意志ではやめられない。症状を使い続けて婚活してください」と言います。しかし講義中のルールとして「出席している間だけは過食やギャンブルは禁止。酒気帯びの方は入室お断り」とお願いしています。アディクションは大概一人きりでしたいもの。講義の時は、それに集中。それ以外はご自由にと、時間にカギ括弧をつけてもらったのです。

　最初は講義の内容よりも、その間だけはアディクションを使わないで済む自分を得てもらうだけで充分です。一人で有り余る時間の中にいては、誰だって飲み込まれそうになります。時間にカギ括弧をつけ、仲間に会うという緊張感と期待、それを得るだけで大収穫だと考えています。

　さらにウツ婚は宿題が出るので、やる事ができて時間潰しにもなります。結果、痩せる生徒さんは多かったのですが、正直、体型は婚活の成功に関係ありません。ダイエットの秘訣はダイエットしないことです。我慢するから解放しなくちゃいけない。我慢はスリップ（依存症者がその依存対象を止めていたのにまた使ってしまうこと。例えば、過食症者が我慢で過食をやめ続けてもいつか爆発して盛大に食べ続ける）してしまう。モテは体型よりも肌。しっかり食べてモチモチ美肌を作ってください。

ポジティブな「暗いブス」を目指せ

　暗いブスとは何でしょうか。まず「暗い」。これはネガポジで分けると「臆病」と「おとなしい」に分かれます。

　合コン会場の隅で下ネタも言わずしっとりと飲む女。これがおとなしい。モテます。そもそも合コンにも行かない女。これが臆病。モテないというより存在すら知られません。

暗くてもいいのです。臆病ではなく控えめだったり物静かだったり。魅力的です。もしあなたが「私って暗い」と思っているのなら無理に明るくなるより、モテる暗さを目指しましょう。つまり臆病さを持ちつつも人と繋がる勇気を出します。

「簡単にそんなこと言われても無理」と思うかもしれませんが、世の中の大胆な人は私も含めて大体臆病者です。そんな恥ずかしがり屋でシャイな自分が嫌だから無茶をしているわけです。だからそういう人は大体「痛い」と陰口を叩かれる。無茶をしているわけですから。痛くならないためにもモテる暗さを狙った方が楽でお得です。

次は「ブス」。「ブス」もネガポジで分けます。これは「汚い不美人（美人って程じゃない）」と「綺麗な（清潔とも言えます）不細工」に分かれます。

どう考えても「綺麗な不細工」がモテる。以下に「お風呂」と「歯磨き」について記してあります。子ども扱いしているわけではありません。大人だからこそ、お風呂に入れず歯も磨けない時があるのです。

うつの人がこれらの行程を達成するのは大変です。そしてやればスッキリします。こんなちょっとした事でスッキリするのが怖いような悔しいような気がするかもしれません。でもツライ人もスッキリして良い。

頭と身体がバラバラで自責と罪悪感まみれの私たちにとって、お風呂と歯磨きなんて「ちょっとした事」どころか大偉業です。

お風呂と歯磨き

まずはシャワー。お風呂に浸かるのはずっとあと

自分の身体を「洗車する」というイメージで、とにかく洗うことだけ考えてトライしてみてください。女子力高めの「お風呂❤」を考えていると、いつまで経ってもその高いハードルはクリア出来ません。

お風呂ですることはとても多く、うつでフリーズした頭で完遂するのは困難です。まずは裸になる。そしてお湯をかけながら石鹸で丸洗いする。タオルで拭く。それだけから始めてください。

湯船に浸かるのはフラッシュバックが起きやすい

せっかくお風呂に入るのだから湯船に浸かりたいと思うかもしれません。湯船にお湯を溜めている間に気合を入れたいかもしれません。

しかし湯船は危険です。頭の中がどれだけ緊張していても、身体は湯船に浸かれば緩みます。その緩んだ身体は頭も緩ませ、フラッシュバックの引き金になります。一度お風呂でフラッシュバックを起こしてしまうと、次回からお風呂に入るのが怖くなります。

ですから、まずは欲張らずにシャワーだけ。慣れてきてから湯船にもトライしてみましょう。お湯を溜めている間にやる気を失わないためにも、シャワーからお湯が出たら「エイッ！」と入ってしまうことです。

マウスウォッシュだけしよう。刺激がないタイプで、過食の余韻を消さない

しんどい時は、食べ物が眠剤の役割を担ってくれることがよくあります。お腹いっぱいになって、そのまま寝落ちしてしまえば、他のことも考えなくて済みます。しかし後に「虫歯」となって新たな悩みを増やしてしまいます。

そこで過食して寝落ちする場合は、マウスウォッシュだけしましょう。お勧めは「ノンアルコールタイプ」などの低刺激なものです。スッキリしてしまうと、過食の眠剤効果が吹き飛んでしまいます。歯磨きをするというのも頭を働かせなければならないので辛いでしょう。マウスウォッシュだけして、そのまま過食の余韻と共にゆっくり寝てください。

余裕が出て来たら歯磨き。リストカットより、歯間ブラシで歯茎から血を流そう

できる時はしっかり歯磨きしてください。よく巷のダイエット法に「何か食べたくなったら歯を磨いて誤魔化す」というのがありますが、それでも結構です。なるべく歯磨きを頻繁にしてください。チョコレート味の歯磨き粉などもありますし、色々試してみてください。嘔吐癖のある方は「フッ素コートスプレー」もしてみてください。歯が胃酸で溶けるのを少しでも防いでくれます。

また「スッキリしたい」という気分の時も、歯磨きは効果的です。携帯用歯ブラシも持ち歩いてみてください。ダラダラとお喋りが続く飲み会で、帰りたいけど帰ると言い出せない、という時もトイレでこっそり歯磨きをしてしまうと気分が変わります。そして「よしっ!」と思えて「じゃあ、私はこの辺で帰るね」と言いやすくなったりします。気分転換の方法に歯磨きも取り入れてみてください。

あとは「歯間ブラシ」がお勧めです。リストカットやその他の自傷癖を、まず歯間ブラシをやってみてからにしてください。特に依存症者の口腔環境は大変なものですから、歯茎からバンバン血が出ます。虫歯などあるとかなり痛いです。歯間ブラシで血を流してから、それでも自傷したかったらそうしてください。

睡眠

スケジュールは寝る時間から立てる

まず一日の計画は朝ではなく、夜の睡眠からスタートさせます。睡眠障害や昼夜逆転している方も多いと思いますが、眠剤は寝たいときの前に飲むのではなく、就寝時間を決めてから眠剤を飲む時間も具体的に決めてしまいましょう。

「夜だけが自分の時間。一日頑張ったご褒美タイムだから寝たくない」という気持ちは凄くよく分かります。そこで夜の睡眠をこなした後、太陽が出てからがご褒美タイムになるようにずらしましょう。

私の場合、考え事は早朝・ご褒美タイムは夕方にずらしました。さっさとその時間が欲しいからさっさと寝ます。疲れた夜は思考が悪循環のぐるぐる周りをするだけです。しかし早朝に、雀のチュンチュン言う声を聞きながら「私とは何だろう」「これからどうしよう」と思い巡らせても何だかしっくりこず「雀、焼き鳥にするぞ！」と八つ当たりして終わってしまいます。その後、自助グループなどに行ってしまうと、もう夕方には疲れて過食することしか考えていません。マジで焼き鳥を買い込むときもありますが、大体忘れてうっかり母親の作った夕飯を食べていたりします。

そんなことをしていると、コンビニで菓子パンを買ったりして自室に持ち込んでも、もう睡魔が襲ってきたり、タイムアウトのアラームが鳴って、渋々寝る準備に取り掛かることになります。アディクションを使わずに済んだり、使っても少量で済みました。

片手で収まる程度の入眠儀式を

パジャマに着替えて眠剤を飲んで電気を消して布団の中へ。寝るための儀式を自分で作って繰り返し、自分の身体に憶えさせましょう。眠れなくてもやり続けてください。

「この時間は寝る時間」とスケジュールを立てたらオートマティックに行います。なので、目覚まし時計のアラームは起きる時ではなく寝る準備を始める時に設定しておくのが良いでしょう。

外着と寝間着しかない人は「部屋着」という中間の服を用意して下さい。外に出る服は緊張が伴いますし、家でずっと寝間着でいると寝転がってダラダラし続けるだけです。家に帰ったら安心して良いのだと自分がくつろげる服が部屋着です。そして部屋着から寝間着に着替えて、もう寝る時間だと自分にお知らせしてあげてください。

セミナーの生徒さんの中に、元々入眠儀式を持ってらっしゃる方がいました。強迫的な入眠儀式を持つその方は、2時間ほどかかるそうで、ヘトヘトになってよく眠れてはいたそうです。しかし恋人と初めて一夜を共にしようとした時に「2時間待って！」ということになり、結果、相手に「ご宿泊」から「ご休憩」に切り替えられて、一夜は共にする事なく振られてしまいました。そうならないためにも、入眠儀式は片手に収まる程度で。

眠れなかったら諦める

引きこもっていると昼間の光が怖い。社会が動いているような光や音が怖い。だから社会が眠っている気がする夜の時間にしか起きられない。眠ると意識を失うので一種の死を感じて怖い。私がそうでした。

だから、色々やっても眠れなかったら諦めます。そして眠れないときは何をするかも決めておく。

例えば出さない手紙を書いてみる。主治医やカウンセラー宛はうっかり出しても問題ないのでお勧めです。自分宛の手紙というのも効果的です。翌朝読んでみたら自分が抱えている問題を整理することに役立ったりします。読み返すと恥ずかしくて破り捨てたくなったりするでしょう。捨ててください。マニキュアを塗ったりアイロンをかけたり、それなりにやることは色々あります。後に過食するとしても、常備菜を作っておくことは時間潰しにもなります。

寂しいからといって真夜中に誰かに電話やメールをするのはダメです。我慢してください。相手に迷惑ですし人間関係のトラブルを引き起こす原因になります。鍵垢でTweetしまくるというのもやめてください。それこそ麻薬です。

真夜中に悩み相談をするのなら専門機関です。よりそいホットラインやいのちの電話、自殺防止センターなどに電話してみましょう。人との境界線の引き方、専門機関の活用方法も覚えられます。寂しくて、危ない相手に連絡するよりは水回りの掃除でもしていた方が安全ですし、長期的にはずっと心地よくいられます。

眠れる／眠れないは日によっても季節によっても自分の気持ちの時期によっても変わります。私も偉そうにこの原稿を書いている間、二日に一回しか寝なかったり、1カ月寝続けて何も書かなかったりしています。どうせ完璧に眠れるようにはなりません。自分に合う眠剤を求め終わりなき旅に出るよりも、希望的観測の「今日の私は眠れるでしょうかクイズ」でもやりましょう。

食べる

一番難しいことで、私も下手っぴです。摂食障害を持つ人は多いですし、お酒や薬やギャンブルのように全く止めてしまうということも出来ません。でも、ちょっとだけ、一緒にやってみましょう。

「何となく肌に良さそうなものを食べる」「色々食べる」

健康食品や食事のエトセトラは日々発信され続けており、どんなにリテラシー能力が高い人でも自分が何を食べるべきかというのはわからないでしょう。特に病んでいると身体と気持ちが離れてしまっているため「自分と向き合えば身体が何を食べたいか教えてくれる」といった説は効きません。

そこで「何となく肌に良さそうなものを食べる」「色々食べる」とだけ考えてください。それぐらい大まかに考えて、結果的にはバランスが取れているはずだと信じることです。

食事にこだわりが強くなることは仕方のないことですが、食事は自分と社会を繋ぐ大きなもの。なるべくザックリと大まかに考えた方が選択肢は広がります。

美肌のためのサプリメントだと考える

まず、何を食べれば良いか全くわからなかったら「野菜と米と卵」を食べていればなんとかなります。それに「魚か肉」をプラスしてください。サプリメントは必要ありません。食材をサプリメントだと思って買ってみてください。

どうせ「食事を楽しむ」だとか「美味しい食事」は夢のまた夢です。「美肌を作るサプリメント」と割り切って選んでみてください。ただ、肌に良さそうと言っても、コラーゲンとかヒアルロン酸とかではありません。もっと単純に野菜を食べるだとか魚を食べるだとかいうことです。嘔吐癖のある方はバナナもプラスしておいてください。

生徒さんの中には、成育環境の影響で野菜が食べられない人もいます。そのような方は、スーパーのお惣菜コーナーで「野菜たっぷり餃子」とか「五目あんかけ」などを選んでみてください。その中に入っているくらいで充分です。

なるべく「美味しい」分だけ食べる

かなり難易度の高いことですが、余裕があればトライしてください。「美味しい」と感じる分だけ食べるのです。

私は「美味しく食べているものは太らない」と考えています。どんなものでも、それが美味しいと感じられているときは自分を肯定する原動力になります。過食しているときには最初は盛り上がっても結局自己嫌悪に陥ります。摂食障害者は「美味しい」から食べているわけではありません。

そこで、一人で食べるときも「なるべく美味しく食べよう」と心がけています。難しくて今も試行錯誤中ですが、食事中にネットやSNSは見ない。TVもなるべく付けません。自分を動揺させる物は遠ざけて、ネガティブな気持ちのときに食べることがないようにしています。

人との食事で味がわかることの方が稀ですが、もしも美味しいと感じられたらその食事は、大げさでなく、私たちの生きる勇気になります。ですから食べたことに罪悪感を持つ必要はありません。シンプルに、美味しい食事を食べられたことを喜びましょう。

完璧主義でオーガニックにハマるな

病むと、殆どの人は健康オタクになります。「カラダとココロは繋がっている」と言われたり、「心身一如」などそれっぽい事を言われると、当然気になり始めます。そして持ち前の完璧主義とこだわりの強さで、多くの病んだ人はオーガニックやマクロビに辿り着きます。安心してください。私もしっかりハマりましたが、ばっちり病んだままです。マクロビ食しか食べずYOGAをした帰り、日光浴しながらウッドチップの上を散歩途中に「なんで玄米食べてるのにツライの?!」と泣き崩れたこともあります。

オーガニックやその他の療法は、体質にアレルギー等がある人のためのものです。こだわり過ぎないでください。とにかくお金がかかりますし、ハッキリ言って不味いからです。不味いものを食べると凹みます。それでも食べ続ければいつまで経っても食べ物とは仲良くなれず「餌」のままです。それにそのような食べ物しか摂らないと決めると、人と気軽に食事をすることができなくなります。

動く

まずは一日15秒でOK

ツライ気持ちは身体の不調に出ます。そしてツライとじっと横になっていたいし背中も丸まって俯きがちに。その姿勢で自分を守っているのですが、そのままでいるともっと気分が落ち込むという悪循環に陥ってしまいます。そんなときはまず姿勢から変えてしまいましょう。

「ワンダーウーマンポーズ」というのをご存知でしょうか。足を肩幅に開いて、胸を張って、両腕を腰に当てて、空を仰いでみてください。

これは社会心理学者のエイミー・カディが提唱しているもので、ボディランゲージを変えることで気分を変えていくものです。本家は2分続けると言いますが、まずは15秒で結構です。慣れてきたら少しずつ時間を延ばしてみてください。

こんなことで気分が変わってしまうと悔しい気もしますが、気分は変わります。「気分が変わる」ということを知っていると、何かネガティブな気分に襲われた時も「これはいつか変わる」と信じられるようにもなります。すると感情に飲み込まれてしまうことが減ります。

最初から大きな運動をする必要はありませんし、急に動くと怪我をします。まずは15秒から始めてください。

いつか動きたくなる日のために、下準備をしておく。「4日目の法則」

「一日中家にいて身体を動かしていない」と罪悪感に襲われたら、お風呂に入ってください。「お風呂と歯磨き」でも述べた通り、お風呂は私たちにとってトライアスロンのように長く厳しい道のりです。お風呂さえ入れば、充分な運動をしています。

そして気をつけて欲しいのが、「ダルい気持ち」に引きずられてそのままずっと動かないでいると、本当に動けなくなってしまうことです。筋トレまでするのは大変ですが、いつか動きたくなる日のために少しずつでも身体は動かしておきましょう。生徒さんの中にも、「ちょっとだけ引きこもろう」と寝て過ごし続けていたら、本当に身体が動かなくなり入院した方がいました。引きこもった日の翌日はもっと引きこもりたくなるものです。動きたくなってもその時には動けなくなってしまうのです。

これは私も支援者に教えられたことですが「4日目には必ず相談に行く」というのは鉄則だそうです。気分が重くて動きたくない／動けないことはあります。その場合に引きこもるのは自分を守る大切な作業。しかし、それは3日が身体の限度で筋力も落ちます。だから具合が悪くて引きこもってしまったら、4日目には必ず誰かに「今具合が悪くて引きこもってしまっている」と言いに行ってください。精神科でも自助グループでも誰でも良いです。メールや電話ではなく直接言いに行ってください。そうすることで無理やり身体を動かして、ギリギリ動く身体を保ちます。この「4日目の法則」は私も頑張って守るようにしています。

「運動」をするというより「出かける」。回復は「足」から！

とにかく「足」を使って、どこかに出かけることです。回復は足からです。

よく自助グループでは「回復は足↓耳↓目↓口」と言われます。それは、まずどこかに出かけて仲間と出会う。そして仲間の話を聞いて、自分のモヤモヤを言語化する。そうすると見えてくるものが変わる。そして自分が発する言葉が変わってくるという意味です。

これを応用して、ウツ婚でも足から使って行きましょう。仲間と出会える場所はハードルが高いのなら、一人で居られる場所を見つけてみましょう。公園・図書館・公民館、どこでも構いません。他に人が居ても自分のことを放っておいてくれる場所は、部屋の中で本当に一人きりでいるより集中力が増しますし、少し安心できたりします。

生徒さんの中には、大学病院の待合室にずっといる方もいました。コロナ前でしたので感染症のこともあまり気にならず、来ている人は皆病気で、さらに慌ただしいので自分は放っておいてもらえて、その方には適していたそうです。何より「パニック発作が起きても大丈夫！　周りはプロだらけ！」と思ったそうです。

お金がかからず放っておかれて、ずっと居座れる場所。季節やその時の気分によっても合う場所は変わるでしょうから、色々探してみてください。

病院は予約を取らずに行ってみる

スタッフさんごめんなさい！　でも私たち、その方が生存確率が上がるんです！　運ばれてくるより歩いてきただけマシだと思ってやってください！

通常、精神科は予約を取らないと診てもらえません。カウンセリングもそうです。常識外れな行動だとはわかっていますが、とにかく「行こう！」と思えた時に、即行ってしまってください。受付で断られます。

それでも行って欲しいのは、まず私たちは診察前に書く事前チェックシートや手続きの煩雑さにやられてしまうから。病院によっては、当日の診察は断っても次回来られるようにその場で予約を入れてくれます。その病院にかかるための事前手続きだけはやらせてくれるところもあります。そしてその時にわからないことがあっても、煩雑過ぎて頭がフリーズしてしまっても、スタッフさんが教えてくれて一緒にやってくれます。人の手を借りるのです。電話では、そこまで助けてもらえません。

そして、電話で簡単に取れた予約は簡単にドタキャンしてしまいます。私たちの日常は不測の事態の連続ですし、優先順位のつけ方も混乱してしまうので、キャンセルに繋がります。直接人に会って入れた予約は実感もわき、キャンセルしにくいものです。

さらに、足を使っていくことでそれなりの運動にもなりますし、その場で診てもらえなくても予約が取れれば達成感は味わえます。

病院に行かなければならないのは頭ではわかっている。そんな時は勢いがついたその瞬間に、身体を使って行ってしまいましょう。私たちの衝動性の強さを利用してしまうのです。

私たちはすごく我慢強いです。だから「まだ大丈夫」「私よりも大変な人は沢山いる」「こんなことぐらい自分でなんとか出来る」と考えてしまいます。そして我慢の限界を超え、救急車に乗って病院に辿り着いているのです。

医療関係者には誠に申し訳ないのですが、「行ける!」と思った時に特攻してしまいましょう。

「散歩」のハードルはなかなか高い。目的のないお出かけは「居るツラ」

「簡単な運動」と聞いて最初に思いつくのは「散歩」ではないでしょうか。「うつには散歩が効く」などの本も多数出ています。ですから、散歩ができる人はやって欲しいのですが、これは散歩ができない人に向けて。

散歩は目的がない旅です。ただ単に歩く。すると、私たちの頭にはバンバン怖ろしい思考が飛び込んできます。「この前会ったあの人、私のこと嫌いなのかな」「こんな時間にボケーっと歩いている私なんて」「これから先どうなっちゃうのかな」……散歩のゆっくりさとは対照的に頭の中は大忙しです。

ですから散歩ができない自分を責めるのはやめて、もう散歩自体を諦めましょう。そして何か「目的」や「やること」がある行動にシフトチェンジするのです。散歩の代替ですから、大きな目標はやめてください。歩数計もお勧めしません。私たちにとって「数字」は麻薬で、昨日より歩数を伸ばそうと躍起になったり、自分が決めた歩数を超えないとどんなに疲れていてもやめられなかったりします。

「ただ穴を掘れ」と言われても頑張り続けるのはしんどいものです。しかし「穴の底に宝がある」と言われれば、なんとか掘り続けられます。どうか小さくてわずかな宝を設定して、動いてみてください。

昼間に行ける場所を探す

昼間に無理矢理出かける場所を作るのは大事なことです。そこで何か有益なことをしようなどとは考えないでください。夜眠るためだけに行っているのですから。

良い出会いがあればしめたもの。しかしそんなラッキーを求めなくとも、昼間に行く場所があるということは、安定剤的にも眠剤的にも効果があります。だからスッピンに楽な服で構いません。とにかく出かけてみましょう。

人と交流したくなければ、図書館や自治体のスポーツセンターは安くて、平日昼間はほとんど高齢者ばかりなので「お互い隠居中」と思って穏やかに過ごせます。公園も短時間なら良いのですが、子どもや家族連れを見るのがしんどい方も多いので、行きたければなるべくリストラされたサラリーマンを探しましょう。バードウォッチングを始めた生徒さんもいました。上しか見なくて済むからです。スーパーやショッピングモールはあまりお勧めしません。お金を使ってしまいますし、カップルや家族連れが多いからです。そこでの虚無感はクレプトマニア（万引き・窃盗の依存症）に繋がる恐れもあります。

自宅で美容に励みたいかもしれませんが、たまには自分以外の人間に会わないと「鏡よ鏡」と自分だけの世界に閉じこもって孤独で綺麗な魔女になってしまいます。それにやはり、家にいると大概食べて寝て、外へのハードルが上がり続けます。なるべくお出かけのトレーニングをしましょう。

まずは女性と会える場所を探す

婚活するなら男性と出会える場所!と思うかもしれませんが、その前に女の子と出会っておくのは有効です。女の子は今後の婚活において、様々な面であなたを助けてくれます。しかし「トモダチ」にならなくて良いのです。私たちのほとんどは女性が苦手です。男性よりも女性と関係性を結ぶ方がずっと大変で緊張するため、「女の子とトモダチ」になろうとするとそれだけで疲弊してしまいます。

「知り合い」くらいになれれば充分です。「顔見知り」でOKです。さらに番号交換についてですが、慎重に行ってください。相手を見極めることなどできません。ですから、どんな女の子にも一律に「個人情報を教える時期」を決めてください。

私の場合は初対面では番号交換をしません。知り合って1カ月経ったら、メールアドレスを教えます。半年経ったら電話番号を。1年経って、ようやくLINEです。私の場合はちょっと長すぎるかもしれませんが、あなたなりの「時期」を設定してください。

相手に「教えて!」と言われたら「ごめんね。私って直ぐに連絡したくなっちゃって人との境界線が引けないの。あなたに迷惑をかけてしまうし、私も今練習中だから、もうちょっと待って」と言ってください。これで怒るような相手は、仲良くなっても後々もめます。大抵の女の子は事情を理解して、あなたの提案を尊重してくれます。

　女の子が苦手な私たちは、仲良くなるとすぐ「ニコイチ」になってしまいます。苦手だからこそ仲良くなれた喜びと不安とが満ち溢れ、自分の問題も相手の問題も一緒くたにしてしまうのです。すぐに仲良くなりたがる女の子はニコイチ志願者です。私もそうなので、自宅のクローゼットには全然趣味ではない「誰かとお揃いの服」が溢れています。だから、今でも境界線の引き方は練習中です。寂しいけれど。

休む

動くために休む――ズル休みの勧め

　ここまで動くことばかり言ってきましたが、動くためには休むことが必要です。しかし周知の通り、病んでしまうほど真面目な人は休むことが下手です。本当に倒れてしまうまで頑張り続けます。

　そこで「ズル休み」をお勧めします。少し動いたら早めに休む。身体に不調がなくとも先取りして休む。特に生理前、生理予定日の2、3日前から休みましょう。そのときを知るためにアプリで記録したり、かかりつけの産婦人科を持ちましょう。ピルを飲むこともお勧めしますが、それは「ピルを飲んで動けるようにする」ためでなく、「ピルを飲んで休む日を設定しやすくする」ためです。

低気圧の時に体調が悪くなりうつっぽくなる人も多くいます。携帯のアプリに気圧の変動を教えてくれるものもありますから、それでチェックしてみましょう。

イキイキと休む

イキイキと休む。それは大事なことです。心身を壊して休むと周りに迷惑が掛かります。だから迷惑をかけないためにも、倒れる前にイキイキと休む。本当に具合が悪くて休まざるを得なくなる前に、こっそり楽しくズル休み。そんな時間を確保して下さい。

依存症ではＨＡＬＴ（ハングリー・アングリー・ロンリー・タイヤード）と呼ばれ、お腹が減った・怒っている・孤独である・疲れているときに再使用（止めていた依存対象をまた使ってしまうこと）が起こりやすいとされています。ここに睡眠不足のＳも入れてください。それらのシグナルを感じたら早めに休みましょう。

「休めといっても何をすれば良いのかわからない」と言われます。私もそうです。私にとって「休む＝過食＆引きこもり」なので、また外に出られなくなるのではと怖かったです。だから私は休みの日をまず設定して、用事を入れるのをやめました。そして休み明けの日も設定して無理にでも用事を入れました。

私は休みの日、過食して引きこもったり漫画を読んだりします。そしてSNSは一切見ません。SNSを見ていると人と比べて焦り、休んでいることへの罪悪感に繋がるからです。因みに私は休みのときに、買い物や映画館などには一切行きません。寧ろそれらの行動は私にとってOFFではなくONなので、休み明けの用事に分類します。この辺のON／OFF行動は人によると思うので、自分が休まっていると感じることをOFFに、緊張感が高そうなことをONに設定してみてください。

私は今でも寝込むと動くの繰り返しです。コンスタントに動けている訳ではありません。寝込む日は来ます。「動くと休むをバランスよく」なんて到底出来ません。しかし「お布団依存」はあらゆる依存症の中でも圧倒的に時間が早く過ぎ去ります。ですから、布団に潜り込んで動けない日々がなるべく続かないように、アンバランスな私たちなりに、工夫して行きましょう。

デジタルデトックス

仲間と延々LINEをしたりSNSを読み耽ったり、携帯は私たちの寂しさを埋めるのにもってこいのツールです。しかしそれでも少しの間、携帯を手放してみましょう。

最初にデジタルデトックス（ネット断食）をする日を決めておく。そしてSNS等で「この日は携帯が繋がりません」と告知しておく。すると周囲の人はあなたと連絡が取れなくても心配しないで済みます。

デジタルデトックスの日は携帯に触らない。調べ物も違う日に棚上げする。電子機器に一切触らないのではありません。「携帯」や「パソコン」だけ触らない日を作る。ウツ婚ではそれで充分です。

最初はそわそわするかもしれませんが、慣れると心底楽です。解放された気がします。その間は公的に、社会や人間関係との繋がりを絶ってしまうのです。一時的なものですから、心配しなくてもまた繋がり続けられます。デジタルデトックスをしていると、いかに自分の悩みが人間関係によるものだったか思い知らされたりもします。

私はデジタルデトックスの楽さに依存して、1カ月くらい平気で連絡を絶ってしまったりするのですが、それでも繋がり続けてくれる友達は「また月美のその時期がやって来たか」と慣れてくれています。私の場合はやりすぎですが、一日、半日だけでもやってみてください。

見た目問題、ただパッケージを変えるだけ

身体を包むパッケージ

「女らしさ」なんてものは幻想と神話で出来ている

婚活中は「コスプレ」をしてください。婚活コスプレで武装してください。私たちは外に出たり人に会うときに「武装」することが多いです。それは緊張感や不安の高さから自分を守るためです。沢山のピアスを着けたり、肌を多く露出させたり。一般の人たちには分かりづらいかもしれませんが、そうやって私たちは気合を入れているのです。

社会学者の小倉千加子さんは「自分の身体のコントロール出来る部分、痩せて髪を伸ばすことで少女たちは女になる」と言いました。そう考察される通り、私たちの身体を取り巻くバイアスが私たちを生きづらくさせているのは確かです。「女らしさ」なんて所詮、幻想と神話の産物です。

それでも婚活中は、婚活に有利なようにコスプレして行きましょう。なぜかというと服装ごときで足切りにあうのが勿体ないからです。就活するのにリクルートスーツを着るのと一緒です。たったひと時だけです。婚活相手と会っていないとき、婚姻届を提出したあと、好きなだけ好みの服を着てください（ダイエットは「前提を踏まえてモテへ繋げる」で述べたように厳禁）。

自分の好きな服とモテる服は大体違います。割り切って変えてみてください。単なるコスプレで上手くいくことは自分を上機嫌にさせてくれます。人と会うときは機嫌良くあったほうがモテます。

婚活は就活。御社のためのモノトーン

ウツ婚では、服装をはっきり決めてしまいます。白のトップスに黒のスカートを穿いてください。白のトップスと黒のスカートはクローゼットを漁れば一枚ずつくらいは出てくるアイテムです。高価な服を買う必要はありません。

白のトップスは光を反射して顔を明るく見せる効果がありますし、黒はそんな白を引き立ててくれます。もっと言えば黒のスカートではなくても、どんな色にも馴染むグレーや、よりあなたを明るく見せる白のスカートでも構いません。ただ白×白のコーディネートはちょっと難しかったりするので一応、白と黒を基本としておきましょう。

この縛りは驚くほどのバリエーションがあります。私も生徒さんたちを見ていて、モノトーンの多種多様な着こなしにいつも学んでいます。あなた好みの組み合わせが見つかる

はずです。

服以外のアイテムで差し色を

靴や鞄やストールその他は、もちろん好きな物を持って下さい。お洒落は服だけで完結しません。だからそこには否が応でもあなたの好みが出るのです。決して白黒パンダにはなりません。

その中でもストールをいつも持っておくことをお勧めします。最近は春夏秋冬、気候が安定しませんし外と室内の温度差も激しいです。その中で身体を温めるというのはとても大切なことです。冷えによる偏頭痛やパニック発作なども起こりますし、身体が冷えていると思考も冷え冷えとしてしまいます。

温まるだけでなく、ブランケットのように持っていると安心して落ち着けるという使い方も出来るでしょう。ぜひストールを。それも差し色として自分の好きな色を選んであげて下さい。

ブラのサイズを「理想」で決めない

パニック発作を起こす生徒さんのほとんどはブラのサイズが合っていません。キツイものので締め付けています。私たちは身体と頭がバラバラですから、自分の身体に合うものを選ぶのは難しいでしょう。「寄せて上げる」ためにも、わざとブラをキツくしている方もいます。体重変動が激しく、どのサイズを買っていいのかわからないことも多いかもしれません。

しかし、本当に危ないのでやめてください。なるべく自分のサイズに合ったものを。難しかったら「カップ付きキャミソール」にしてください。それならば、SMLくらいしかサイズもなくゆったりとつけられます。ヌーブラも締め付けないのでお勧めですが、高価なのと汗で落ちてきてしまいます。

ブラジャーは大切です。締め付けない、盛らない。相手からしても、盛ったブラを外した時の衝撃は「サウナから水風呂」と聞いたこともありますので、欲張らない方が無難です。

膝小僧は隠せ。露出は他を当たれ。自分のパーツの愛し方

あまり露出はお勧めしません。私たちにとって「冷え」は大敵だからです。頭痛や凝りの原因にもなります。

それでもどこか露出したかったら、身体のどこか一点にしておいてください。その場合は「膝小僧」以外をお勧めします。膝小僧を出すということは下半身がかなり冷えるので、全身の冷えに繋がります。さらにウツ婚の生徒さんには夜のオネエサンが結構いらっしゃるのですが、職業柄、膝小僧が色素沈着してしまっているそうです。短いスカートを穿く

と、どうしても膝小僧が出てしまって気になるそうです。

わざわざ気にしている部分を出すことはありません。それよりも自分が自信を持っているところ、少しでも愛せる身体のパーツを探してみてください。頑張って探さないと見つけられません。でもトライしてみて欲しいのです。そしてそのパーツが見付かったら、ボディクリームを塗ってみたりして磨いてあげてください。

いきなり自分の身体を愛することなんて出来ません。でも、どこか一点、ちょっとだけ好きな部分を見つけて、可愛がる練習をしてみてください。そしてデートの時に少し、見せびらかしてみましょう。

スキンケア

美しい肌がなぜ大事か

ウツ婚における美容の話は、ほぼ「美しい肌」をつくるためのものです。人から美しいと思われるには肌が重要だからです。なぜなら肌とは「過去と現在の集約」なのです。

美しい肌をつくるためには食事と睡眠に勝る物なし。さらに汗は最高の美容液ですから汗をかくためにも身体を動かします。そのような日々は肌に如実に反映され、その肌の履歴を見て人は美しいと思うのです。

女の肩書きは肌にでると言えるかもしれません。メイクを凝るより整形するより、ずっとモテに近い美容法です。私たちの多くはご立派な履歴書を持ちませんが、美しい肌はモテる履歴書になるでしょう。

「一に睡眠、二に食事。三四は日常、五に保湿」と思って毎日を組み立ててみて下さい。

デパートより医者に頼れ。病院の方が気持ちも楽

病院に行くことは私たちの日々において通常業務です。沢山の病院回りで忙しいとは思いますが、皮膚科にも行ってみてください。デパートに行くよりもハードルは低いと思います。

皮膚科で「肌が荒れやすいのだが、洗顔後に使えるものを」と言えば処方してもらえます。さらに私たちはアトピー肌が多いです。そうなると市販の基礎化粧品は使えず、やはり皮膚科にかかることになります。美容皮膚科でなくて、普通の皮膚科で大丈夫です。

気をつけて欲しいのは、皮膚科に置いてある「ドクターズコスメ」に手を出さないこと。あまりにも高額です。最初に「保険適用内で」と伝えておけば、その範囲内で処方してもらえます。医師に言うのが躊躇われるなら、受付で先に伝えておくのも良いでしょう。医師に強く勧められたら「試してから考えます」と言って、試供品だけ貰って皮膚科自体を変えてください。

汗という美容液

美容液は買わなくて大丈夫です。もちろん、経済的にも精神的にも余裕がある方は買って使ってください。ただ、「汗」は最高の美容液なのです。

ご経験があると思いますが、汗をかいた後は肌がツルツルになっています。しかし汗をかくためには運動しなければなりません。サウナに行くのも良いでしょう。そうやって最高の美容液である汗をどんどん流してください。

生徒さんの中に、「人と会うのが嫌だけど汗をかきたい」という方がいて、その方は「サウナスーツを着て自宅でブルーハーツを熱唱する」という方法を採ったそうです。その方は確かに肌も綺麗になってきましたし、顔つきもスッキリしてきました。

私もその生徒さんを見習ってサウナスーツを購入し、家で断捨離をしてみたところ、終わった頃には身も心も部屋までもスッキリしていました。

メイクアップ

お化粧は様々な媒体から学んでください。足を使って、人に聞いて、トライして行く。そのプロセスが美につながります（「動く」参照）。

メイクアップの基本は他に譲るとして、ここではプラスαで気をつけていただきたいことを。

化粧直しとは、塗ることではなく落とすこと

バッチリ化粧をしてデートに出かけて行っても、その化粧はどんどん崩れてきます。「化粧直し」をしなければなりません。しかし化粧直しとは、塗ることではなく落とすことです。

まず脂取り紙ではなくティッシュを用意してください。道端で配っているものでも、トイレにある手拭き用のペーパータオルでも構いません。それで顔全体の脂を取ってください。ゴシゴシ当てずに、一枚のティッシュを広げてそこに顔拓をとるイメージで押し当てるのです。ですから一回だけで。その一回で取れる分だけで結構です。

次に綿棒を用意してください。気の利いた店のトイレには置いてありますが、一応持参しておく方が良いでしょう。綿棒で目の周りの落ちた化粧を取ってください。落ちたマスカラ・滲んだアイライン・よれたアイシャドウなどです。

これで基本的に、化粧直しは終わりです。あとはリップクリームやハンドクリームを塗る。いくら重ねても問題のないものだけを使用してください。

化粧直しで一番気を付けたいのは「どんどん厚塗りになっていく」ことです。しかし、相当化粧が上手くないと厚塗りになります。しかも化粧を直すのは、いつもの自分の部屋ではありません。鏡や照明がいつもと違うと、化粧自体が難しいですし厚塗りにもなりや

すいでしょう。

「化粧が取れると恥ずかしい」と生徒さんから言われますが、恥ずかしいのは取れている化粧がいつまでも顔にこびりついていることです。デートの終盤には、相手もお酒が入っていたりあなたへの好意が膨らんでいたりしますから、スッピンに近くなってもいつもより綺麗に見えているはずです。持ち物を減らすためにも、化粧直しは塗るより落とすことを意識してください。

なるべくマインドで「健やか感」を演出しろ

今更ですが、私たちは病んでいます。なので、化粧で化けられるのなら「健やか」に化けましょう。流行りの化粧は様々なタイプがあります。ちょっと影のある女を演出したり、サイボーグっぽく人工的な感じを演出したり。しかしそのようなポテンシャルは充分に持っているのです。影どころか闇を抱えています。

ですから、私たちが持っていない「健やかさ」を演出しましょう。いわゆるナチュラルメイクやヘルシーアイシャドウ、爽やかヘアーなどです。なるべくで結構です。化けるのにも限界があります。どんな化粧のタイプを選ぶか迷ったら、なるべく「健やか」に見えるものをチョイスしてみてください。

相手にも好みがあるでしょうが、最初はわかりません。それに健やか感は一般的に好感度が高く、少なくともマイナスにはなりません。ゴスロリの生徒さんが「私はゴスロリを愛しているけれど、ゴスロリが好きな男とは付き合いたくない」と今までの経験知から言っていました。たとえ演出でも、ひと時の擬態でも、健やか感に惹かれる相手を狙った方が危なくない気がします。

化粧品を買うならプチプラ教に

化粧品は麻薬です。「これさえあればキレイになれる」「キレイになれば人生が変わる」それが化粧品の謳い文句ですし、その沼に嵌ると「もっともっと」強い効果が得られるものを求め続けます。そして実際はその謳い文句の通りにはいきません。これは私の実体験でもあります。幾ら化粧品に注ぎ込んだかわかりません。私は元々コスメオタクです。そして後悔と反省をしています。皆さんにはそうなって欲しくありません。

お金が勿体ないので安い、いわゆるプチプラコスメで充分です。今のプチプラコスメは本当に素晴らしいので、驚くほど綺麗に仕上がります。思ったようにいかなくても、化粧品を変えるのではなく、やり方を変えればうまく行きます。

化粧品は自分のための娯楽です。よく雑誌などでは「シーンに合わせて化粧を変える」などと言いますが、相手はそこまで見ていません。確かに、昼間太陽がさんさんと照り注ぐ公園に合うメイクと、夜に薄暗いバーに合うメイクは違うかもしれません。でもそれは塗る濃さを変えればいいだけです。

私たちは完璧主義ですし、不安が強いので、化粧品にすがりたくなる気持ちはよくわかります。そうなった時もプチプラならお財布へのダメージが少なくて済みます。色々買いたくなったら、それは自分の娯楽であるということを念頭において。相手への効果は期待せずに、自分のために楽しんでください。

匂わせ女子禁止。香水は、匂わせるのではなくそよがせるもの

香水は要りません。それよりもパニックが起きた時のアロマの方が大切です。そのアロマを使うと香水とバッティングします。

どうしても香水を振りたかったら、まず自分の正面にワンプッシュして、そこを通り抜けるだけにしてください。

うつになると自分の匂いが気になるものです。しかし、それはあくまで当社比であり、周りの人は気になっていません。それよりも香水のキツさの方が際立ってしまいます。デートは「食事」や「映画」など、食べ物の匂いがしたり密着したりで香水が邪魔になることが多いです。香水を振るよりはアロマで済ませましょう。

注意したいのは「ラベンダー」のアロマはパニックが起きやすいという事です。リラックス系のアロマは他にも様々な香りがありますから、ご自分に合うものを探してみてくだ

さい。

末端から整える爪・髪・靴

爪は切る。盛らずに切れ

ネイルサロンに行くのが好きな方は、ご自分の大切な楽しみですから是非。しかしそれは「自分の」または「女同士の」楽しみです。ですから、デート前に慌ててネイルサロンに行ったりする必要はありません。

私もネイルアートが大好きです。しかし維持費が半端ではありません。落とすにもお金がかかります。そして爪は結構早く伸びるので、ネイルサロンでの美しい仕上がりを見せられる人は限られています。ほとんどの人には施術後の伸びたネイルアートを見せていることになります。

それならば、無理にやる必要はありません。きちんと切っていれば充分です。しかし「きちんと」切りましょう。たまに地爪を伸ばしている方もいますが、相当手入れをしないと美しくは見えませんし、ネイルアートをしていなければ折れます。汚れも溜まります。

クレプトのある方は、短い爪にビビッドなカラーを塗るのもお勧めです。自分の手元に意識がいきやすくなります。そしてビビッドカラーはやはり短い爪の方が似合いますから切っておくのが良いでしょう。嘔吐癖のある方も爪で喉を傷付けないで済みます。

髪は伸ばせ。後から切れ

とりあえず髪は伸ばしておきましょう。美容院に行くのはとてもハードルが高いです。精神的にも経済的にも余裕が出てきてからで大丈夫です。

伸びっぱなしの髪は、毛先をコテで巻いたりハーフアップにすれば綺麗に見えます。そして後からいくらでも切れます。相手が短い髪が好きだとわかってからでも遅くありません。それまでは放っておけば良いだけです。

私も婚活中はずっと長い髪をしていて、結婚式が終わった途端、バッサリと切りました。婚活中だけ「ロングヘアー」という記号を携えていただけです。

長い髪は、美容院に行く必要がないだけでなく、ヘアセットが短い髪よりも楽です。束ねてしまえば、顔周りにかかることがなくニキビの予防にもなります。

さらに言えば、ロングヘアーよりミディアムがお勧め（髪の毛も身体の一部なので「老い」が出てくる。ロングよりミディアムの方が若々しく見える）ですが、まずは伸ばすとだけ考えておきましょう。

痛くならずに歩ける靴を。デザインの美しさより歩き方の美しさ

靴は見た目より、歩きやすさで選んでください。靴擦れはデートの大敵です。美しい靴を履くより、美しく歩けた方がずっと綺麗に見えます。

男性のほとんどは靴擦れの恐ろしさを知りません。あなたが痛がっても、面倒臭いと思われてしまいます。丁寧に対処してくれる相手でも、靴擦れは絆創膏程度では解消しません。「靴を替える」しか方法はないのです。それならば最初から、痛くならず歩きやすい靴を履きましょう。

最近は、フラットシューズ（いわゆるペタ靴）もヒールが太い靴（チャンキーヒール等）も流行っていて可愛いものが多く出ています。スニーカーブームでもありますから、ワンピースにスニーカーでもお洒落です。

特に都心の方は気を付けてください。デートは思っている以上によく歩きます。ハイヒールは door to door、車移動でほぼ歩かない人が履くものです。どうしても履きたかったら、行き帰りは折りたたみのフラットシューズを持ち歩くようにしましょう。靴擦れはデートが終わった後もダメージが続きます。

バッグとその中身

できる限りの小さなバッグで。無限に膨らむ不安と持ち物

私たちの持ち物は多いです。必要な物も多いですし、物語編でも書いた通り不安と荷物の量は比例するので、緊張感が高いとどんどん荷物が多くなります。

そこで、まずは小さめのバッグを用意しましょう。大きいバッグだと、入ってしまうので入れてしまうのです。小さめのバッグに入る程度に、なるべく荷物は少な目に。

あまりにも荷物が多いと、それを持ち歩くだけで疲れてしまいます。肩こりは勿論、頭痛や目眩の原因にもなります。そして大きいバッグで重い荷物を抱えているのは、あんまり可愛くなくてデートに似つかわしくないからです。

出来ればチャック付きの物がお勧めです。クレプトのある方は、チャック付きで中に余計な隙間がないものが良いかもしれません。そうでない方も、最初は整理整頓していたバッグでも、デート中にあたふたしているうちに中がぐちゃぐちゃになって来ます。バッグの中は、実は結構見えているので、チャックを閉めて隠してしまうのが良いでしょう。

何はなくとも耳栓。ドタキャンよりもノイズをキャンセル

最近は耳栓を持っている方もノイズキャンセリングのイヤホンを持っている方も増えま

した。使ったことがない方はぜひ試してみてください。耳栓をして外出すると、驚くほど楽です。電車のアナウンスなどはしっかり聞こえるので、着けっぱなしで行動できます。繁華街に出かける際はデートの直前までしてみてください。

頑張ってデート先に行こうとしたのに、途中で具合が悪くなってキャンセルしてしまう方もいます。勿論具合が悪くなったら、自分の体調を優先して休んでください。しかし耳栓をしたり、ゆったりとしたブラを着けたりして外出すると、結構辿り着けるものです。デートが始まると緊張感が高まり、身体の感覚が一気になくなりますが、その前の電車の中などは身体の感覚も残っていて、だからこそ具合の悪さが際立ったりします。

まずは様々なアイテムで身体を楽にしてあげること。きっとドタキャンも減るはずです。

頓服薬も忘れずに

処方薬は基本的に「頓服薬」だけお持ちください。ピルケースに一週間分くらいをザラザラと入れて持ち歩くのはやめましょう。飲むときも相手の目の前で飲むのではなく、隠れてこっそり飲みましょう。

私たちは毎日様々な種類の沢山の処方薬を飲むことに慣れているかもしれませんが、相手はそうではありません。多すぎる処方薬は、相手にとってかなりセンセーショナルなものです。そして、そのような姿を見せて自分がどれほど大変か辛いか、わかって欲しいかもしれませんが、残念ながら相手にはわかりません。単にネガティブな衝撃を与えるだけです。

デート中に「ヤバイな」と感じたら、頓服薬を飲んで、相手に具合が悪くなったことを告げて、その日は帰りましょう。頓服薬を飲んでまでデートを続ける必要はありません。帰り道には少し薬が効いてきて自宅まで辿り着けると思います。

自宅で寛いでいると「帰らなくても良かったのでは」「この調子ならデートの最後までいられたのでは」と思うかもしれませんが、帰った方が有効です。

頓服薬は「無事に家まで帰る」ために飲んだのです。自宅で具合が良くなったら、その余裕を相手への謝罪メールに使ってください。次のデートの約束も取り付けなくてはなりません。

COLUMN

日々を生き延びることで精一杯だからこそ

私は元々おめかしが好きです。だからこそ自分が好きな服や流行のお洒落とモテる服が違うことにも敏感でした。でも講義の後にスッピンでショートカットの彼女が相談に来てくれたときに、私はなんて浅はかだったのだろうと後悔しました。

その彼女は性被害の当事者であり10代20代はPTSDに悩まされてとても働ける状態ではなかったそうです。

「30代は同じ性被害体験を持つ女性たちとの勉強会や裁判傍聴に明け暮れ、今私はもう40代。同じ悩みを持つ仲間の存在に勇気付けられてここまで来た。でも気付いたらお洒落も化粧もデートの仕方も知らない自分がいる」

彼女は恥ずかしそうに打ち明けてくれました。そのことを年下の私に言うのは、彼女にとってすごく勇気が要ることだったでしょう。その彼女を「単におめかしに興味がないのかな」なんて思っていた自分を猛烈に反省しました。

彼女のような体験をすると日々を生き延びることだけで精一杯なはずです。男性に近づきたいとも思わないでしょう。それでも彼女は「周りを見渡せばパートナーと支え合って暮らしている仲間が沢山いて羨ましくなった。私は「被害者」な自分だけで生きていきたくな

COLUMN

い」とも教えてくれました。

　私はその時「これからは少しでも女を楽しみましょう」と言って誤魔化しました。しかし、それから考えざるを得ませんでした。彼女が女であることを受け入れられなかった年月と苦悩。「自分を被害者だと思えるのに20年かかった」という言葉。生き延びるために自分を肯定するために必死だった彼女のことを、なけなしの想像力で考え続けました。私の処に来てくれたことを有り難いとも思い、何が出来るか。何も出来ないのではないか。

　結局、私は講義で「苦労は美徳なんかじゃない！　もう皆さん充分に苦労してきた！　これからはもっとしたたかに。もっと戦略的に。男も制度も利用してやりましょう！」と常識外れなことを叫ぶしか出来ませんでした。でも様々な、女であることに傷ついた方を見てきて、私自身もその中の一人で、やっぱりこの叫びは私の本音なのです。新保守主義と言われようが、専業主婦は白アリだと言われようが、後ろ指を指されても。

　ご立派な建前やイデオロギーよりもっと切実に追いつめられた状況に私たちはいます。婚活と結婚を使って生き延びて社会と繋がる。それでいいじゃないかと。

　ちなみに前述の生徒さんは元々真面目で熱心なこともあり、一年で結婚が決まりました。今は夫が会社に行っている間にパートに出て、土日は夫婦で地域のボランティア（捨て猫の里親）をしているそうです。久しぶりに会った彼女の手にシンプルながらも丁寧なネイルが施されているのを見たとき、私は彼女に恋をしてしまいそうでした。

出会いのバリエーション

運命の相手は精神科と自助グループ以外にいる

精神科や自助グループでお相手を見付ける人は多くいます。

他では言えない思いを打ち明けているため、自分を受け入れてもらえたと思いやすい・相手の悩みも知っているため親近感が湧く・深い内面の話を共有しているため親密性が高まる・孤独に弱い者同士が沢山の時間を共有できる・暇である……などが理由に挙げられると思います。

そして支援者の中にはもともと病の当事者で、治療の過程で知り合った当事者同士で付き合い始め、支え合って支援職に就いたという方々もいて、患者たちからは憧れのカップルになっていたりします。

ですが、そのようなところ以外で相手を探してみて下さい。まず問題を抱える者同士がカップルになると雪だるま式にトラブルが増えることが多いです。相手の問題と自分の問題の区別も付きにくく、相手の世話を焼いて消耗してしまいます。そして付き合ったこと自体がお互いに深い心の傷になることもあります。

さらに別れた後にも「自分は精神科の人としか付き合えない」と思い込んでしまう方もいます。生徒さんから「私、健常者と何喋っていいかわからない」と相談されることは少なくありません。しかし、世の中精神科に繋がっていなくとも病んでいる人は沢山います。健やかそうに見える相手から沢山の問題が出てくることもあるわけです。また、「精神科の人／健常者」と分けていること自体がおかしなことです。精神科に通っている相手も自分も、一段低く見てしまっているのでしょう。仕方のないことかもしれませんが、相手にも失礼です。自分も貶めています。

だからこそ、自分が「患者」以外である場所を探して欲しいのです。患者であるということは一時期必要なことです。病気であると認めることが回復していくために必要であるのと同じように。しかし、その中だけで生き続けることには限界があります。患者でもあるが、そうじゃない自分も持つ。そのためにちょっと他の場所を覗いてみて下さい。


孤立しない。居場所の分散方式。ちょっと孤独でちょっと寂しい

「自立（依存症の回復）とは依存先の分散である」とは熊谷晋一郎先生の当事者研究の名言で、私自身も実感しています。

心底辛い体験をして勇気を持って助けてもらう。そして弱さで人と繋がることが出来るようになる。それは本当に大事なことです。昨今でもまだ低くはない精神科のハードルを越えて、そこに居場所が持てる。私もそんな体験に救われました。

しかしここで言いたいのは「精神科に居場所がある」ことと「精神科にしか居場所がない」ということは全く違うということです。自助グループや精神科は自分の弱さも含めて受け入れてもらえる場所です。居心地が良いはずですし、そうでなければ転院をお勧めします。

しかしいつまでも、そこには居られないのです。誤解を恐れずに言えば、精神科に通うことが日々の仕事のようになってしまい、そこでの人間関係だけにどっぷりと浸かってしまうことがあります。実際、精神科は対人関係トラブルの宝庫ですし、そのトラブルに巻き込まれていると寂しさも紛らわせることが出来て日々の充実感も得られます。そしてすぐに年月は消費され、そこから抜け出すことがもっと困難になります。

勿論、通院を最優先しなければならない一定の時期はあります。そのときに仕事などを理由に治療をおざなりにしてはいけません。しかし通うにつれ、自分と相性のよい精神科では主治医やワーカー・スタッフから「そろそろ就労してみないか」などの声掛けがあります。その時をチャンスに、他に自分が所属する場所を作ってみてください。

他の患者仲間は悪気なく100％善意で「急ぐことない」「無理することない」と言ってくれるでしょう。その人自身が沢山傷ついてきたからこその発言です。けれど、勇気を出して外に出てみて欲しいのです。弱さで繋がった仲間との関係が切れるわけではありません。他の所に行っても最初は受け入れてもらえない気がするでしょう。それでもただただそこにいる。そんなことを繰り返して自分の居場所作りをして欲しいのです。

仕事をすれば会社に居場所が出来る、なんてことはありません。そうではなくて自分が居なかったら「あれ？　今日は居ないね」と周りの人が言うくらいの、そのくらいの所属感が必要なのです。精神科や自助グループを含め3つくらいは持っておくと良いでしょう。

そうすると「ここがダメならあちら」というように孤立が防げます。依存症の人の中で「土日に行くところがなくて再使用」が多いと言われるのも、居場所を分散しておけば防げます。

一つの場所にどっぷりと浸っているときは対人関係が密着しているため寂しくありません。でも居場所を分散してしまうとちょっと寂しいです。しかしこれがちょうど良い距離なのかもしれません。「ダルク女性ハウス」の上岡陽江さんの著作の帯には「〝ちょっと寂しい〟がちょうどいい。」と書かれています。私はその帯をラミネートして、どっぷりと誰かに寄り掛かりたくなったときのお守りとして持っています。

「世間話」が出来るように

具合が悪くなったとき、最初は「死にたい」しか言えません。それでも精神科や自助グループで仲間の言葉を聞き続け様々な言葉を知ると、自分のことを説明できる言葉が増えてきます。そして自分のことを「死にたい」以外で話せるようになってきます。すると自分自身も楽になるし、相手との関係も変わってくるのです。つまり言語の獲得により、自分自身や他の人との付き合い方が変わってくるということです。

このことを出会いのために応用してみてください。今までは自分自身に向いていたベクトルをちょっと変えて、「世間話」が出来るようにどんどん言語を自分にインプットしてみてください。

「世間話」が出来るようになるのは結構大変なことです。世間話とは何気ないことですから、根を詰めて考え事をしているときは出来ません。「自分とは何なのか」「生きるとは」のような深遠な話題は世間話になりません。自分以外に視線を移し、キョロキョロしていないと拾えません。興味がなくても道端に咲いている花を眺めてみたり、つまらなくても地域の催しに行ってみたりしてください。

大したことではない方が良いのです。浅くて軽いものの方が世間話には向いています。ただニュースの見過ぎとお笑い番組の見過ぎは気を付けてください。あなたを傷つける映像や表現が多く出てくる場合があります。つまらなくても安心できる物を。

くだらないお喋りは誰かと繋がるときに有効です。それが今までとは違う種類の人間関係であるならもっと必要なことです。今までの真面目なあなたとはちょっと違う沢山の言語をインプットしてください。アウトプットする他者が欲しくて堪らなくなるほどに。感想を言いたくて堪らなくなるほど、色んな物に触れてみてください。もちろん良さそうな人がいないかキョロキョロすることも忘れずに。

アリバイ作りの社会参加

相手は「あなたは何をやっている人か」と挨拶代わりに聞きます。そこに悪気はありません。あなたのことをもっと知りたいという好意だったりもします。

そこで馬鹿正直に「回復施設を出て、今は精神科に通院しながら、毎日自助グループに通っています」と言うのはやめてください。専門家ならともかく大概の人は引きます。そして相手は「聞いて申し訳なかったな……」と思い「そっか。無理しないでね」と会話は終わるのです。それを拒否されたと考えるのは早とちりです。相手が引かない程度にアリバイを作っておきましょう。

ただのアリバイ作りだと思って、ちょっとだけ自分の肩書きを作ってみてください。週一回のコンビニでのアルバイトは立派な「販売員」です。「街で雑貨を売っている」との答えに嘘はありません。何を売っているのか聞かれたら「雑貨なのだけれど、新商品が多くて自分でも覚えきれない」。お店に遊びに行きたいと言われたら「制服がダサくて見られたくない」。そのどれも嘘ではありません。

嘘をつくのはやめてください。嘘は自分の心を疲れさせますし、嘘に嘘を重ねなくてはなりません。「嘘ではない」、そのギリギリのラインで盛って話せるように、そのアリバイのために社会と繋がってください（「仕事のために仕事はしない。堂々と腰掛ける」参照）。

因みにウツ婚の生徒さんの肩書きで多いのは「学生」です。高卒認定資格を取って准看護師の資格を取る人が多いからです。大体皆さん高卒認定試験受験者であるときに「学生」と名乗り、婚活相手に自分がいかに看護師になりたいかを熱く語り、結婚して夫に学費を出してもらうパターンが多いです。

仕事のために仕事はしない。堂々と腰掛ける

もし心身に余裕があるなら是非バイトしましょう。お仕事を持っている人は辞めたりしないでください。それは武器になります。ここではお仕事をしていない、さらにお金がないという前提で話を進めます（「アリバイ作りの社会参加」参照）。

バイトをしましょう。バイトはすごく使えるのです。まず肩書きになる。社会と繋がることが出来る。バイト先にいい相手がいるかも知れません。職場恋愛はいろいろと面倒くさいですが、バイトなら彼氏が出来た時点で辞めればいいのです。職を転々とするのは今のご時世に珍しいことでもないし、一概に評価が下がることでもありません。

さらに時間にカギ括弧が出来る。現代人は小学校、もっと言えば保育園・幼稚園の頃から時間割のもとで生きています。24時間の一日をさぁ好きなように使えと言われても、ほ

とんどの人は有効利用できません。せっかくの休みに酒飲んでネットを見て寝たら一日終わったなんてよくある話です。バイトは時間制ですから少なくとも私たちの一日に時間割を勝手に作ってくれてリズムが出来ます。リズムが出来れば他のことがしやすいですし、しっかり食べてしっかり寝て美肌を作ることが出来ます。そのシステムが無料どころかむこうがお金を払ってくれるのです。これに乗っかってバイトしましょう。

お勧めはオフィス街のランチタイムの弁当売りです。これは水野敬也さんが書いた『スパルタ婚活塾』にもありました。私も水野さんと同意見です。弁当屋のおばちゃんというのは肩書きや年齢や学歴が一切通用しない職業です。そして短時間で多くの会社員に弁当を売るのです。つまり毎日、コミュニケーション力という武器しか持たずに反射的に人を引きつける達人なのです。弁当屋のおばちゃんスキルは毎日トレーニングされたものです。募集要項を見てみると、一日11～14時の3時間くらいしか働かなくて良いですし土日はしっかり休めます。

「仕事のために」仕事をしないでください。「婚活のために」仕事をしてください。仕事は、時間にカギ括弧を付けてくれる・出会いがある・お金がもらえる。それだけのためのものです。仕事のために仕事をして心身のバランスが崩れたら元も子もありませんし、全く違う目標のためにそこそこの力でやった方が案外長続きするものです。あなたの目的は「婚活」であることをお忘れなく。

バイト先とはスープの冷める距離で

バイトをするにあたって、場所に気を付けてください。まず間違いなくバイト先では何かしら揉めると思っておいてください。

円満退社はあり得ないぐらいに考えて、家から近すぎる店やよく使う店は避けて選んでください。生徒さんで家の近くのコンビニでバイトをしてしまい、過食の買い物に苦労した方がいました。バイトの面接に行くときは「もう二度と過食しないために、自分への戒めをこめて」その店を選んだそうですが、結果とても後悔していました。ちょっと離れたコンビニに行っても、社員さんがいて過食の買い物は出来なかったそうです。

また、遠すぎる場所もいけません。私たちは雨が降れば低気圧で頭痛がするし、人混みでパニック発作が起こります。通勤ラッシュの満員電車など鬼門です。帰るまでが遠足よろしく、辿り着くまでも仕事です。

具体的には自分の家から2駅くらい。普段は自転車で(うつの治療に自転車は有効です)、無理すれば歩けるくらいの距離が理想的です。バイトで人生は変わらないし症状が治ることもありません。今のままの状態でも続けられる仕事先を探してください。

精神科はメンテナンスの場所。動くためにゆっくり休憩を

婚活は疲れます。婚活うつなんて言葉もありますし、振られたりすると自分を否定され

た気にもなります。

そこで辛い気持ちをそのまま吐き出せてゆっくり休める場は、あなたが今まで行っていた精神科であり自助グループや回復施設なのです。沢山愚痴って散々泣いてゆっくり休んで下さい。

しかし気を付けて欲しいのは、これからも婚活をするメンテナンスのためにその場があるということです。居心地が良いからと行ってその場に居続けて婚活を止めてしまっては今までの苦労が無駄になってしまいます。

そして疲れたあなたに優しくしてくれる男性メンバーもいるでしょうが、そこでお付き合いはしない方が賢明です。理由は前述しましたが、婚活疲れで自助グループ仲間と付き合ってしまうということは生徒さんでもありました。しかし疲れた状態で当たり散らすように付き合ってしまい、結局別れ、そのグループ自体に行きづらくなった方もいます。

せっかくの貴重な場所を男性関係などでなくしてしまうのは勿体ないです。そこはメンテナンスの場所だと肝に銘じて、「動くために」ゆっくりお休みして下さい。

デート　準備編

待ち合わせに遅れても一文の得もなし

基本的に待ち合わせの30分前に着くぐらいでちょうど良いです。ありとあらゆる事が気になる私たちは、身だしなみを整えるどころか呼吸を整えるだけで30分くらいは掛かるからです。

たまに「気を引くためにわざと遅れる」といったテクニックを聞きますが、私たちは遅れたくなくても遅れるのです。さらに遅刻した事による罪悪感も持ちやすく「遅れたから奢るね！」などとついつい言ってしまいます。

そして私がそうなのですが、信じられないくらいの方向音痴でGoogleマップを使ってもなかなか待ち合わせ場所に辿り着けません。

「約束を守る」というのは信頼関係を築くためにとても大切なことです。しかし、私たちは長期的にみてドタキャンをするときが必ずと言っていいほど来ます。ですから普段のデートは早めに行って、ちゃんと目的地まで辿り着き、身だしなみを整える時間を確保して下さい。それが自分の安心感にも繋がり、その後のデートも少しは余裕を持っていられます。

待ち合わせ場所での焦りは遠くの仲間に聞いてもらう

待ち合わせ場所に着いたら仲間たちに「緊張している！」と沢山の愚痴メールを送って下さい。仲間からの励まし返信メールに勇気づけられることでしょう。

そして待ち合わせ時間になったら携帯に没頭することなく、彼からの連絡だけに集中しましょう。最近は誰もが待ち合わせの時に携帯を弄っていて当たり前のように感じられますが、その姿はあまり美しくありません。

物理的にも、頭のてっぺんが見えていて印象が暗いのです。髪の毛ばかりが彼の目に映ってしまいます。それよりは自分の顔を見せておくこと。美人かそうでないか・色白か色黒かということでなく、頭部より顔面の方が色として明るいので彼があなたを発見したときの印象が明るくなるということです。

また、仲間たちへ「これからデート」と連絡したら、事後報告もすることになります。これが彼への執拗な連絡を止めてくれます。

デートが終わったら、彼に「ありがとうメール」を送ってさっさと寝てください。翌日以降も、あなたは彼のことで頭が一杯だと思います。その時に彼ではなく、仲間とのデートの事後報告で、その盛り上がった気持ちを発散させて欲しいのです。

気を付けなければならないのは、仲間の言葉を鵜呑みにしないことです。女同士は「そんな彼ならやめとけば」と映画のタイトルのようなことを軽はずみに言いますが、彼と直接会ったのはあなたです。決定権もあなたにあります。女同士で恋バナに興じているだけだ、ということは念頭においておきましょう。

待ち合わせで自分を俯瞰してみる。解離じゃなくて俯瞰

デートの待ち合わせは「花屋の前」にして下さい。それは大概の待ち合わせが人の多いところ、例えば駅の改札口や大きな商業施設の前であるからです。そういった場所は人も雑多で下手するとゴミなどが捨てられているためガヤガヤとしていて汚いです。そのイメージとあなたがくっ付いて欲しくないのです。そして花屋はそういった場所には大抵あります。

花屋がなければ、石鹸やボディクリームを扱うお店でも可愛いマカロン屋さんの前でも良いでしょう。仮に「新宿の南口ね」と言われたら「じゃあ南口のお花屋さんの前で待っているね」と返して欲しいのです。具体的になり見つけやすい上にキーワードが可愛いです。

そうすれば待ち合わせているとき、無料で背景に花を背負えます。彼があなたを見付けるときにこれからのデートを期待させるようなビジュアルを纏うことが出来ます。彼の中で沢山の人から自分を選び取ったことが嬉しくなるように、待ち合わせから演出して欲しいのです。

このとき大事なことは、自分を俯瞰してみることです。あまりに緊張感が高いと「自分

―相手」という一直線しか見えません。そうするとパニックになりやすいですし、パニックのあまり解離してしまって自分が自分じゃないように思えたりもします。

そうではなくて自分を俯瞰してみる。そこで自分が素敵に見えるところはどこなのかを自分で選び取る。意識的に実践してください。相手との一直線しか見えていないと相手に振り回されてしまいがちです。解離していると自分に対するコントロール感を失ってしまい自信がなくなります。

ですから周りをキョロキョロしつつ、自分が素敵に見える場所に自分を連れて行ってあげて下さい。しかしどんなに良い香りがしても美人の横には絶対に立たないこと。

散歩だって立派なデート。一人じゃできないメンテナンスに巻き込もう

人が多いところに行くのは誰でも疲れます。そして私たちにとっては危機的に疲れます。なるべく静かなところ、人が少なくゆったりしているところを散歩するのはどうでしょう。デートは何かしら派手なイベントが必要なわけではありません。のんびりデートは付き合いの長い熟練カップルの特権ではありません。相手と会うのだけでも疲れるのですから、デートの内容自体はハードルの低いものにしておくのも手です。緑の多いところをゆっくり歩くのは身体のメンテナンスになります。

散歩は一人で行うには結構ハードルが高いのです（「散歩」のハードルはなかなか高い。

目的のないお出かけは『居るツラ』参照)。「目的もなくブラブラする」というのは私たちにとって中々難しいでしょう。ウィンドウショッピングはお金を使ってしまいます。

しかし一人でいると家に籠もって終わってしまう時間も、人を巻き込んで散歩すればメンテナンスに充てることが出来ます。だから、そこでは「成果」をあげなくて良いのです。彼と一緒の時間を過ごした、しかも身体のメンテナンスをした、それで充分です。

「散歩のようにアトラクションがないデートだと色々話さなくては」と焦る必要もありません。「花が咲いているね」「鳥が飛んでいるね」など視覚情報をそのまま伝えても、変ではないのが散歩です。少し歩いてみましょう。

お気に入りのトイレを事前に探そう

よく行く場所では「お気に入りのトイレ」を見付けておいてください。特に繁華街です。

私の生徒さんたちは、渋谷・新宿・池袋などに「お気に入りトイレ」を持っており情報交換も盛んです。「どこそこのトイレは綺麗で混まない」とよくお喋りしています。それはデートだけでなく、用事があって行かなければならない時も使える緊急避難場所です。パニック発作やフラッシュバックが起きそうになった時に逃げ込めます。

そして誰かに教えてもらったトイレに入ると、密室に一人なのにもかかわらず孤独感が和らぎます。「〇〇ちゃんもここでパニクったのかな」と考えると、ちょっと笑えたりもします。デートは緊張の連続。ぜひ逃げ込める場所を。

女子トイレは混んでいるのが当たり前ですから、そこそこ相手を待たせても大丈夫です。もしもデートが続けられそうにないくらいに具合が悪ければ、一回出ても、出ずにトイレの中からメールを打ってもいいので、彼に「本当に体調が悪くてしんどいから、申し訳ないけれど今日はこれでお開きにして欲しい」と伝えましょう。

自分を守ることが何より大事です。無理してデートを続けても良い結果には繋がりません。

最初に自分のスタンスを明確にして方向性を決める

大人になると中々「付き合おう」と言ってから付き合うことが少なくなります。でも「付き合おう」と言ってから付き合って欲しいです。もっと言えば「結婚を前提に」付き合いたいものです。それは自分の方から口に出してしまった方が近道です。

「結婚を前提に付き合う」と言っても、実際に絶対結婚するわけでもないのです。それなのに、「結婚」という言葉だけを夢見て何年もずるずる関係が続くということはよくあります。だったら、それは先に言ってのけましょう。

「付き合って」と言われたら「私もこの歳だし……結婚前提なら……」と曖昧でも明確に結婚への意志を伝えてください。「この歳」とはハタチを超えていれば、結構みんな使える汎用性の高い言葉です。別にどの歳でもいいのですが、この歳だからと言い張って、結婚を求める根拠にしてください。

「結婚前提」にすると、二人でこれからどういう付き合いをしていくかがはっきりします。あなたは彼の年収や両親の人となりが気になるかもしれません。彼はあなたの料理の腕や潔癖度合い、借金の有無などが気になってくるかもしれません。結婚前提でなければ気にしなくても付き合い続けられてしまうことを、先に気にしておくのです。「長年付き合ってみたけど結婚向きじゃなかった」という回り道をショートカットしていきます。

SEX目当ての口約束男に気を付けて

気を付けて欲しいのは「口約束だけはご立派で、何もする気はないのに身体だけには手を出すクソ男」の存在です。クソ男たちは守る気がないので大事な約束も平気で出来ます。その場では本心だったりします。そして結局、約束が守れなかったことを全てあなたのせいにし、SEXだけを奪い去ります。ときに金銭も取られます。与えるのは暴力だけというのも珍しくありません。本当にこの世から消えてなくなって欲しいのですが、残念ながら生息しています。

そのような相手は魅力的に見えたり相性が良いような気にもなります。でもそれは私たちが長年「支配/被支配」の関係性に晒され続けて来たからで、その関係に戻ると奇妙な居心地の良さを覚えてしまうからです。ぴったり合い過ぎる相手は要注意です。
どうかクソ男には引っかからないように。奢ってもらっても、長時間悩みを聞いてもらっても、その対価にSEXする必要は本当にありません。

デート　実践編

沈黙は怖くない。ふふっと笑って「喋らなくてもあなたとなら居心地いい」と言い張れ

誰かと喋る時に一番心配なのは「盛り上がらない」ことではないでしょうか。私たちは、会話が上手ならすっごく盛り上がる！と勘違いしています。通常の会話はどんなに気が合っても、私たちの想像の3割くらいしか盛り上がりません。そして、盛り上がる＝良い会話という訳でもありません。

沈黙が怖いからといって、どうでも良い話をベラベラ喋るよりも、その沈黙を逆手にとって武器にしましょう。二人が会話に行き詰まったら「……」と沈黙を噛み締めて、「ふふっ」と笑うのです。会話がないという前提を共有してから、微笑みでそのことを肯定します。その後はしっとりと、でも明確に「私はこの状態が嫌いじゃない」と伝えるのです。「私、あんまりお喋りが得意ではないのですけれど……。なんだか喋らなくても結構楽しいですね」「いつもなら会話が止まると焦っちゃうんですけど……。今日はそうでもないかも(笑)」

と、なんでも良いので、相手と共有しているこの状態を肯定しましょう。すると、相手もホッとします。そしてあなたも、相手がホッとしたことにホッとするでしょう。

サービスし過ぎない。サービスは店に任せる

私たちは「他人ファースト」です。自分のことを大事に出来ないから、他人に対してすごく気を使う。気を使いすぎて考えすぎて、逆に非常に自分勝手な振る舞いをしているように見えてしまいます。これ自体はある程度仕方のないことです。

しかし、デート中に必要以上のサービスをして尽くし過ぎてしまうと疲れ果てます。相手のことが嫌いな訳ではないのに、もうデートをしたくなくなります。

そこで他人に任せましょう。できる限り、サービスはプロである店員さんに任せましょう。彼に気が利くと思われたいかもしれませんが、店員さんの仕事まで奪う必要はありません。心配しなくても、あなたは他のところで充分に彼を思いやっています。

私たちは沢山のものを抱えて生きていますから、なるべく外注する癖をつけた方が有効です。任せられることはなるべく他の人に任せる癖を、普段から意識してやってみましょう。

会計問題はさらっと済ませる。「ごちそうさま。ありがとう」は2回のタイミングに分けて

私も含め生徒さんで経済的に裕福な人は稀です。はっきり言えば奢って貰いたいでしょう。しかし今は割り勘にしたいという男性が多いです。逆に、ある程度年上の男性なら女性が払うことなど鬱陶しいという方もいます。

そこで、奢っていただけるなら気持ちよく奢られましょう。引け目を感じる必要は全くありません。そして奢って貰ったからといって何かしなければならないわけではありません。

会計の伝票が来たらさらっと「私は幾ら出したらいい？」と聞いちゃってください。そこに駆け引きは要りません。そして彼が提示した分を払って会計問題はお終いにしてください。

奢ってくれるのならお礼を。「〇〇円出して」と言われたら、その通り出しましょう。

彼が提示した金額が納得のいかないものであれば二度と会う必要はありませんし、2軒目も行くことはありません。「楽しかった！　またね！」と爽やかに帰れば良いだけです。

会計で揉めると爽やかに縁を切ることが出来ず、後からぐちゃぐちゃ言われても嫌なので、手切れ金だと思ってさっさと払ってさっさと帰りましょう。彼の提示した金額が納得のいく範囲であれば気持ちよく払って下さい。

そして奢ってもらったり、自分の方が少なく払った場合は「ありがとう。ごちそうさま」を2回言うのです。「ごめんなさい」は要りません。謝るくらいなら払えば良いのですし、奢った方としても「ごめんなさい」はあまり気持ちの良い言葉ではありません。

1回目はまさに会計を済ませているときに。これは彼に伝えながらお店の人にも感謝の気持ちを伝えています。店を出る際にも「おいしかったです！」などとお店の人に伝えましょう。

その店を出て扉を閉めたときが2回目のタイミングです。お店の中の騒音を離れしっとりと二人きりになったときにすかさず「ごちそうさま。ありがとう❤」と嬉しそうに彼のためだけに伝えましょう。彼は2軒目どうしようか、お腹一杯だな、くらいしか頭にないのでそのタイミングで改めてお礼を言うとハッとしますし奢りがいがあります。これからの会計問題もあなたに負担がないようにしてくれるかもしれません。

早めに帰る。名残惜しいから次に繋がる

勝負を一発で決めようとしてはいけません。私たちは不安が強いので、一回のデートで白黒つけたくなってしまいます。しかし満たされない気持ちを抱えたまま、早く帰りましょう。お肌のために決めた就寝時間も迫っています。

満たされない名残惜しい気持ちは、次のデートへと繋がります。何事も「もう満足」し

てしまうと、しばらく足は遠のきます。デートが楽しければ楽しいほど、帰りたくなくなるでしょうが、楽しみを引き延ばすためにも帰りましょう。

また、相手の気持ちがわからなくて不安であるほど、ハッキリするまで一緒にいたくなるかもしれませんが、どっちつかずな気持ちでしているデートはずるずる伸ばすほど悪い方へとハッキリしてしまいます。早く帰って、化粧を落として眠剤飲んで、明日以降に持ち越してください。

相手の選び方

「彼氏」じゃなくて「結婚相手」

ウツ婚の生徒さんからかなり多い質問が「どの人に決めたらいいかわからない」というものです。私たち、実はモテる。私たちって、実は結構人たらし。それは容姿の美醜を問いません。モテに差があるとしたら、それは「男性にモテることを自分に許しているかどうか」の差です。「私なんて」と思っているとせっかくのサインも見逃してしまいます。

でも問題は、モテるはモテるけれど「危険な男ホイホイ」だということ。ここでは相手の選び方を考えていきましょう。

「養われる」前提で選ぶ

なんて時代錯誤な！　嫌な女！と思われるかもしれません。でも、これは重要なポイントです。私たちは生き延びるために結婚を使う。それならばセーフティーネットとして少しでも安心出来る相手を選びましょう。罪悪感や世間様の声は丸めてゴミ箱に。

基本は収入で選ぶ。勿論、収入は多い方が安心はしますが多ければ多いほど良いというものでもありません。

専業主婦になっても良いかも確かめましょう。高収入の男性でも妻には働いて欲しいと考える方は少なくありません。たとえ、あなたが現在働いていたとしても、いつメンタルが悪化するかはわからないので、「寿退社する気はないのだけれど、このご時世だし……。リストラされちゃったらおんぶしてね♥」としっかりカマしておきましょう。

理想のママを選ぶ

ウツ婚のキャッチコピーは「CHOOSE MY FAMILY! ～自分の家族は自分で選ぶ～」です。

生徒さんのほとんどは原家族に問題を抱えています。そして「自分の父親のような相手を選んでしまうのではないか」「自分の母親のようになってしまうのではないだろうか」と怖れています。これは当然のことです。そうじゃない相手を探そうと意識して真逆の相手を選ぶと、これがただのコインの裏表であったりもします。

そこで一旦、原家族から離れてください。私たちの父親というのはドグマであったり権威であったり、「支配／被支配」の関係にあなたを縛り付けてきました。母親がそうだった生徒さんも多くいます。

なので架空の、ファンタジー上の、あなたの好むママを想像してみてください。想像するときはタイマーをつけて、長くても3分、大体1分くらいで結構です。場所は電車の中や、どこかの休憩所、バイトの空き時間、診察を待っている間などがお勧めです。あまり長く深く一人で考えるとフラッシュバックの引き金になりますし、原家族への恨みつらみの箱が開いてしまいます。

ちょっとだけ考えて、理想のママのような男性を探しましょう。あなたを受け入れ、優しく包み、温かくて甘いものを与えてくれるような。因みに私の理想のママは「ムーミンママ」です。しかし夫は痩せ型ですし、料理も出来ず、勿論ハンドバッグも持っていません。それでもソファーに寝転ぶ私にブランケットを掛けてくれたり、怪我をしたらさすってくれます。私にとってはそんな夫がムーミンママです。まぁ、その100倍は不満もあるのですが。

デートのつまらなさで選ぶ

生徒さんから「こんなデートで超つまらなかった！」とよく聞きますし、そのような〝デート下手男性dis〟は生徒さん同士でかなり盛り上がります。

そしてガールズトークに花を咲かせるうちに「そんな男絶対ナシだよ」と言われて、お付き合いすると言い出せなくなってしまったり、自分でもふざけてdisっているうちに本当に相手を嫌いになってしまったりします。

しかしデートを上達させるにはどうしたらいいのか逆算して考えてください。それは回数を重ねるしかないのです。つまり夢見心地のデートを提供してくれる相手とは女性経験が豊富で、もしかすると現在進行形で他の女性ともお付き合いしているかもしれません。

何より恐いのは、そのような男性は結婚の口約束をいとも簡単にすることです。ざっくり言うと、SEXしたいだけで結婚の約束までします。

対して、つまらないデートをする男性はただつまらないだけです。私たちはジェットコースター人生を歩んできたスリル大好き人間なので、つまらないデートにはなんのトキメキも感じないかもしれませんが、忘れないでください。「彼氏」ではなく「結婚相手」を探していることを。

そして意外なことに、つまらない男と結婚したらつまらない結婚生活が待っているのではありません。結婚生活こそ、新たなジェットコースター人生の始まりなのでお楽しみに。

第一印象で選ばない

巷には「人は第一印象で決まる」「一目で恋に落ちる」などの神話が溢れていますが、それは相手から自分へのベクトルの話だと思ってください。

私たちには怖ろしいことに、初見で危険な相手を引いてしまう能力が備わってしまっているのです。よく「共依存者はパーティー会場の端と端でも引き合う」と言われます。それほどお互いにピースの穴をぴったり埋め合うような強烈な引力があるようです。

つまり私たちが第一印象でコレだ！と思う男にロクなのはいません。どうやら私たちには安全な男の発するシグナルが弱すぎて見過ごしてしまうようです。

なので、最初は記憶の片隅に残ったくらいの男性もしっかりと候補に入れておきましょう。お付き合いに時間をかけて相手の良い所を見つけるということでもありません。それは副次的なもので私たちには時間がないのです。うすボンヤリとした相手とも積極的にデートを重ね、安全な男か確認したのち、相手もボンヤリとしている間にサクッと籍を入れてしまいましょう。

惚れた相手を選ばない。惚れられて選ぶ

長々と危険な男回避を語ってきましたが、結局私たちは「危険な男に惚れやすい」ということです。危険な男に私たちはゾッコンになりますが、危険な男は私たちに惚れた振り

をするのが得意であり、また心底惚れてくれないからこそ魅力的であったりします。

よく言われることですが、結婚は生活です。「恋愛結婚」というのは馴れ初めの話であり、結婚生活の話ではありません。生活していく上で、私たちは何より自身の安全を確保しなければなりません。

そして私たちには魅力もたくさんありますが、弱点もたくさんあります。「惚れた弱み」という言葉通り、惚れられると相手にも弱点が出来ます。お互いの弱い部分で繋がり合えることこそが、ウツ婚の目指す「回復婚」に繋がるのではないでしょうか。

さらに、結婚生活はネゴシエーション（交渉）の連続です。あなたの最大の強みは惚れられていること。これこそが結婚生活をサバイブする術なのかもしれません。


借りは作らず貸しを作れ。本当に欲しいのは婚姻届のサインだけ

危険な男とは、お金がなく、暴力を振るい、他に女がいてギャンブル依存なだけではありません。プレゼントをくれ、素敵なレストランに招き、高収入でも危険な男は沢山います。

これも生徒さんの話……と言いたいところですが、私の体験です。とある男性と知り合い、番号を交換し食事に行きました。連れられたレストランの食事もかなり美味しく、その時から熱烈なラブコールを受けた私は調子に乗りました。名刺ももらって、高い地位と収入も確認。シングルマザーの友人に相談したところ、「結婚生活はカネだよ。カネさえあればこんな喧嘩しなかったって喧嘩ばかりする。年収一千万あって目を開けたまま10秒ブチュー出来る相手なら、絶対そいつと結婚したほうがいい」と物凄い説得力のある言葉を頂き、私はその男性と次のデートも決めました。

2回目のデートでその方は私にアクセサリーをプレゼントしてくれ、全く趣味ではなかったものの、貧乏根性というより実際貧乏だった私は有難く受け取りました。しかし頻繁過ぎる電話やメールに嫌気がさし、3回目のデートでは「やっぱりお付き合い出来ない。アクセサリーもお返しする」と言いました。食い下がる相手は「これは君のためのものだから。返したら逆に怒るよ」と返したアクセサリーをさらに押し返してきましたが、もう10秒ブチューどころか、あと10秒一緒にいるのも嫌になって、私はアクセサリーと荷物を持って自宅に逃げ帰りました。

そこから頻繁過ぎた連絡は強迫的になり、どのタイミングで愛が憎しみに変わったのかは彼本人にしかわかりませんが、強迫的な連絡が私にもわかる程度に脅迫に代わり、「あげたものを返しなさい」と取り立てが始まりました。ストーカー被害の経験者から「着信拒否をすると相手は逆上する」と聞いていたので、着拒で知らんぷりをする事も出来ず、落ち込み凹みました。

結局、ものすごく体調のいい時に電話に出て「最寄りの警察署に落とし物として届けるから、その後取りに行って欲しい」と、なんとか相手に会わない方法で返却を提案しました。私は警察も嫌いだし、でもこれ以上の連絡も嫌だし、そのアクセサリーが目に入るのも嫌だし。今でも、そのブランドを見ると具合が悪くなります。本当に嫌な体験でした。危険な男はいつ豹変するかわからない男です。借りを作ると、それを返して欲しいのではなく「お前には貸しがある」という建前を振りかざし、あなたに会おうと追いかけてきます。

どうか皆様、私を反面教師に。「貰えるものは貰っとけ」というのは婚姻届のサインだけにしてください。

コミュ症による婚活コミュニケーション術

伝える・伝えない・伝わる・伝わらない

「死にたい」はお金を払って言う言葉

「死にたい」。この4文字はおビョーキ女子人気ワード、圧倒的第一位ではないでしょうか。たったこの4文字で「今のままの状態が続くのであれば生きていたくない」「もう頑張り過ぎてほとほと疲れ果てている」「身体が痛い・だるい」また「お金がない」「嫌われている気がする」「ちょっと太った」などなど不快感全てを一気に言い表してくれます。

しかし「死にたい」という言葉は、聞いた相手をひどく驚かせてしまいます。そして相手を苦しくさせてしまうのです。何よりあなたが「本当に伝えたいこと」が全く伝わらない言葉でもあります。

つまり相手を追いつめてしまうだけで状況が改善しません。そして「死ぬ死ぬ詐欺」なんて言われてしまい、あなた自身も追いつめられてしまうのです。

ですから「死にたい」という言葉は、その言葉に怯まず読み解いてくれる相手に言いましょう。それはお金を払って会う専門家です。精神科の主治医・カウンセラー・ワーカースタッフなどです。専門家たちはあなたのその言葉から、今の状況やどうすればいいかを考えてくれます。伝わるのです。

残念ながら彼には「死にたい」の裏に溢れている、たくさんの言葉にならない言葉たちが全く伝わりません。そのような伝わらない言葉を使ってわかって欲しいと必死に訴えても、驚いて逃げられるか面倒くさがられるだけです。「死にたい」という言葉はお金を払って言う言葉なのだと肝に銘じて下さい。

黙っていることと嘘をつくことは全く別だと心得る

付き合い始めた彼に「私のことを全てわかって欲しい」「ありのままの私を受け止めて欲しい」と思うかも知れません。

でもそれは自分の荷物を全て相手に放り投げて背負わせる行為であり、決して誠実さではありません。スッキリしたいだけです。

生育歴のこと・精神科に通院していること・その他諸々のネガティブな要素は自分の中に留めておきましょう。不利な条件を口にしないということは一見狡いように見えますがすごく力のいることです。病気が免罪符になりませんし、患者であるが故の恩恵も甘えも受けられません。一人の人間としてお付き合いをしていくのです。

嘘はつかないで下さい。ただ、相手が引いてしまうような自己開示はなるべく避けましょう。付き合いが長くなってくると次第に彼もあなたのアンバランスさに気付き、自己開示せざるを得ないときが来ます。また精神科に通院していることや生活保護受給者であることは、結婚して自分が受ける制度が変われば確実に彼にバレます。なんならそのときまで黙っていたって良いのです。

病名は所詮、病名です。あなたのアイデンティティにはなりませんし、あなたがそう思ってしまっているならちょっと問題です。あなたという人間を構成している一要素に過ぎません。彼は生身のあなたを見て接して、結婚しようと思ってくれたのだからそれで良いのではないでしょうか。

実際、私は何も言わずにしれっと結婚しました。保険証が変わりその他の手続きで精神科通院歴も無職だったことも夫にバレました。夫は驚いたようですが、あまりに私が「そうだよ。だからどうしたの。私は私のままだけれど」という態度を貫いたため特にその件で揉めることはありませんでした。

そこまで強気に出なくとも、彼があなたのアンバランスさに不信感を抱いて何か聞いてきたら、そのタイミングで少しずつ自己開示して下さい。「嫌われると思って言えなかった」と前置きするあなたの言葉に嘘はないのですから。

彼に自己開示する時のポイント

まず彼はあなたの大切な恋人かもしれませんが専門家ではないのです。自助グループの仲間でもありません。その彼に生育歴やトラウマティックな体験や病気のことを話すのはあまりお勧めできませんが、それでも話さなければならなくなったときにはコツが要ります。

まず自分の体験を大まかな枠でくくってみてください。一つの体験から詳細な記憶が幾らでも出てきてしまいそうになりますが、まずは大まかに雑にくくる。例えば「大学の時に病んじゃった」くらいありふれた枠で閉じてしまうのです。その外枠だけ、まずは話してみる。最初はそれぐらいです。詳しく聞かれても「ちょっと思い出すのに疲れちゃうからまた今度聞いて」と次回に続けましょう。先延ばしてうやむやになればそのままで構いません。義理堅くお伝えしなくても良いのです。

また話さなくてはならないときが来たら、今度は現在という電信柱にしっかりと掴まり、片足を水溜まりにちょんちょんと浸してみる位のイメージで過去のことを話すのです。「今」と「あの時」を混同しないように、しっかりと現在の自分として少しだけ話して下さい。

これは過去の話をしているうちに自分がそのトラウマティックな出来事が起きた当時の感覚に戻ってしまうのを防ぐ話し方です。さらに相手に負担が少ない話し方でもあります。

自分に大きな事件が起こると、まず誰にも話すことが出来なくなります。自分に何が起きたのかさえわからないという時間も続きます。そこから回復に向けて仲間の体験を聞いたり自分の体験を話したりする力を獲得していく。これは回復に欠かせないプロセスです。

注意して欲しいのは、そのノリで婚活相手に自己開示をして欲しくないということです。自分のことを話すのは実はそれなりに気持ちの良い行為です。それが本来話したくない話であればそうではありませんが、自己開示は相手との親密性を形成するのに役立ちますから、自分の話をする快感以上に「この人は自分のことをわかってくれる！」という快感があるかもしれません。極端に言えば悲劇のヒロインになることだって出来るわけです。これは回復に何の役にも立ちませんし、寧ろ妨げになり得ます。

もしあなたが自己開示の快感に耽溺しているようなら気を付けて下さい。彼があなたのことを可哀想なお姫様扱いし始めたらもっと気を付けて、逃げる準備をして下さい。あなたは彼との関係で延々と可哀想でなくてはならなくなります。あなたが元気になると彼は自分の存在意義がなくなってしまうため、必死に足を引っ張ります。時には暴力などに発展するケースもあります。

彼は専門家ではないのです。ギャラを出してくれる取材者でもありません。詳細に語りすぎず大まかに話す。現在のあなたから、ちょっとだけあの頃のことを話す。それで充分伝わります。あくまで彼は婚活相手なのです。無料のカウンセラーではありません。

Iメッセージで伝える

いわゆる「Iメッセージ」、「私」を主語にして伝える練習をしましょう。例えば「あなたに〇〇して欲しい」ではなくて「私は〇〇してもらえると嬉しい」のように伝えます。

私たちは人との境界線が曖昧なため、人の問題も自分の問題のように感じたりします。そして私たちは自分のことを投げやりにして相手を優先させる癖も付いています。他人ファーストですし、気を使い過ぎますし、サービス精神も旺盛です。そのため3周くらい回った結果、すごく自分勝手に見えてしまったりします。でも一見自分勝手に見える言い方と、あくまで「自分はこうだけれどあなたはどうか」と伝える言い方は大きく違います。

まず「自分はどうしたいのか」「自分はどう感じているのか」をチェックするようにしてみましょう。最初は全くわからないこともありますが、「〇〇したいか？　YES？NO？」くらいから始めて自分に聞いてみましょう。そして少しずつ、自分はどうしたいか、どう感じているのか、言葉にしてみましょう。言葉にできてきたら、それは「Iメッセージ」で相手に伝えましょう。

そのように伝えられた方が、彼はあなたの考えや気持ちがわかりやすくなります。それがわかることで、あなたのことを思いやることが出来ます。「私は〇〇にしたい」と言われる方が、彼にとっては楽です。「あなたが〇〇にして欲しい」と言われるとコントロールされているようで窮屈なのです。たとえ、彼と意見が違っても構いません。彼が「自分は〇〇したくない」と言ったとしても、それはあなたを否定しているわけではありません。単なる彼の意見、それだけです。相手は変えられません。自分が変わってしまいましょう。その影響で相手が変わることは多々あります。

テレパシーは通じない

実は「テレパシー」って通じません。急にスピリチュアルな話かと思われるかもしれませんが、私たちは往々にして「テレパシーが通じる」と信じ込んでいるような行動をとりがちです。

手首を切る・急に痩せる・プチODしてみる・既読スルーする……、これらは私たちが言葉を使わずに、「つらい」「寂しい」「連絡が欲しい」「最近冷たい気がする」「本当に私のこと好き?」「結婚する気あるの?」「デートキャンセルさせて!」「頼まれていた用事出来てない!　ごめん!」などを伝えているのですが、相手には全然伝わっていません。伝わったのは、私たちが非常に面倒な女である、ということだけです。

なので、伝えたいことは言葉で伝えましょう。「言葉は言葉」に過ぎないのであり、相手からの言葉を必要以上に読み取らなくて大丈夫です。そして私たちが伝えたいことも「言葉は言葉」に過ぎないのですから、恐れずになるべくシンプルに相手に話してあげてください。

私はこの原稿を書いている最中に、編集さんからの連絡が途絶えたことがあります。「もしかして干された？」と焦った私は、近所のお地蔵様に「編集さんから連絡が来ますように」とお百度参りをしました（マジ）。当然、その間も一切連絡は来ず、もう捨て身の覚悟で編集さんに「リスカもODもしないから、干されてたら干されてるって言ってください!!」と深夜にメールを送るという脅迫に出ました（これもマジ）。何のことはない、ただ単に編集さんが忙しかっただけで、そこから無事に事は進んで行きました。やっぱり、テレパシーもお百度参りも伝わらないようなので、シンプルに言葉で伝えましょう。

私たちに必要なのは「おもてなし」より「おことわり」

私たちは断るのがとても苦手です。それは「相手の役に立ちたい」とか「認められたい」とか「期待に応えられない自分はダメな気がする」などの承認欲求系。「もう誘ってもらえないかも」「嫌われる」「怒られるのでは」といった不安系。さらに、断ることに罪悪感がある。断るのになんて言ったら良いのかわからないので引き受ける方が楽だったり、自分の体調や都合を優先することに慣れていなかったり、様々な理由が入り組んでいます。そして断れなくて負担が増え体調を崩したり、最終的にドタキャンになってしまったり、自己嫌悪の悪循環になってしまいます。次頁に「お断り表」を上げておきますので、参考にしてください。

実は、断っても相手との仲がおしまいになってしまう訳ではありません。寧ろ出来ない

お断り表

〈基本３パターン〉

色々あって
ちょっと考える
なるべく

〈相手の押しの強さによって考える〉

弱「ちょっと考えさせて」
中「出来るだけやってみるね」
強「今、私は、精一杯」

〈あいまいにする〉

「時間が合えば」
「まだ、わからないな」
「ドタキャンありで！」

〈はぐらかす〉

「今、手元にスケジュール帳がなくてわからない」
「周りと相談してみるね」
「都合によりけりかも」

〈最終兵器〉

「家族／子どもがダメだって……」
「主治医がダメだって……」
泣く・倒れる！

〈YESって言っちゃったけど〉

「さっきは嬉しくて“うん”（大丈夫／行く）って言っちゃった」
「よく考えたら、ちょっと無理そうで。ごめんなさい」
「安請け合いして申し訳ありません」

ことは断っていくほうが、関係は長続きします。そして「色々あって」と言ったときに、その「色々」を根掘り葉掘り聞いてくる人はあまりいません。根掘り葉掘り話す必要もありません。その場で決めなくても良いのです。「ちょっと考える」と棚上げして、大丈夫そうであればそこで初めてOKを出して良いのです。なんだか難しそうですが、友達との間でも練習していきましょう。「なるべく」でいいのです。なんでも「なるべく」メインドでやっていきましょう。

ウツ婚の3S「したたかさ・しげき・しなやかさ」

リスクヘッジで依存しない。誠実さという世間様の足かせ

婚活中は様々な男性と付き合って下さい。付き合えるだけ付き合って下さい。時期が被っていても構いません。人生最大のモテ期を起こして下さい。

こんな事を言うと「誠実さがない」と言われます。しかし今まで誠実に男性とお付き合いしてきて今に至るあなたが、これから婚活するのです。その生真面目な誠実さとやらはあなたを生きやすくしてくれたのでしょうか。一人の男性と何年も付き合って結婚に至らず「彼が結婚してくれなかった」「あんな男に使った時間を返して欲しい」と恨み節を言わないでいられるのでしょうか。

あなたは優しいし真面目であり誠実だから、一人の男性と付き合ったら他の男性のことは遠ざけるのかもしれません。でもそれは一体誰の何のためなのでしょう。彼のためでしょうか。確かに彼はあなたが他の男性と仲良くするのを嫌がるでしょうし、自分のことだけを見てくれるあなたに喜ぶでしょう。ですから、その彼といるときはしっかり彼と向き合い他の男の話などしてはいけません。

しかし四六時中その彼といるわけではありません。違う時間は違う男性もじっくり見ておきましょう。他の男性を散々見た結果、やっぱりその彼がいいなら結婚してくれなくとも付き合えているだけで「あなた以上の男はいなかったから仕方がない」と自分にも彼にも納得がいきます。しかし一人に縛られた結果、もし結婚できなかったら「あなたのせいで結婚できなかった」と思わないでいられるのでしょうか。そんなことを思われたら彼だって迷惑です。

ウツ婚での婚活は自分で選んで行動する。自分の足で立つ必要があります。就職活動も一緒です。面接の時は御社しか受けてないような振りをするでしょうが、実際は散々他の会社も受けているわけです。

あなたは世間様の「こうするべき」にとらわれて苦しくなっているだけです。一人の男性とだけ付き合っているという世間体の良さから自責や罪悪感を持たずに済むのです。どうせ最後は一人だけと結婚するのですから、自責や罪悪感は放り投げてください。生き延びるためのリスクヘッジだと考えて、沢山の男性と付き合って下さい。

退屈な男って本当に退屈？　結婚というジェットコースターの伴走者

「暇だ」と思うときは大概一人で何もすることがないときです。依存症者は暇な時間を大概アディクションで埋めるでしょう。「退屈だ」と思うときは一人のときも誰かといるときもあります。彼といても退屈なときは沢山あります。

ウツ婚の生徒さんの多くは、スリルと刺激が大好きです。ですから彼にもスリルと刺激を求めます。刺激的な男、危ない男。ＤＶだったり酒や薬物の乱用、金銭感覚も刺激的で借金があったり。無職・資格職歴無し・借金水子有りで顔のいい男などは生徒さんにモテモテです。そして中小企業に勤続10年・趣味無し・貯金有りでダサイ男など見向きもされません。後者は「退屈な男」とされます。

刺激的な男は私たちの暇を奪ってくれます。何しろ放っておいても次々に問題行動を起こしてくれますから、私たちは彼の心配や尻ぬぐいに忙しくなります。達成感も充実感もあります。

一方、退屈な男というのは人生安全運転で無事故ですから、こちらとしては退屈なわけです。一緒にいても「私がいなきゃダメだ！」と思えることなどほとんどなく、いい歳をした社会人として立派に完結してしまっているわけです。

しかし誰がみたって後者の退屈な男の方が良いのです。それでもわざわざ前者の刺激的な男を見つけてくるのは、私たちの悲しい才能の一つです。

でも、もう刺激的な男を拾ってくるのは止めましょう。あなたは彼らのおかげで自分の問題に向き合わずに済みましたし、沢山のトラブルに巻き込まれ様々な経験をしました。心の中でお礼を言ってもう終わりにしましょう。

刺激的な男というのは自分が受け身で済むのです。ちょこんと座っていれば大回転してくれるジェットコースターの様なものです。それに慣れてしまったあなたには、そうでない男との付き合いなんてロープウェイのゴンドラに揺られているようで、たまに景色は変わってもそんなの想定内であり退屈に感じるかもしれません。

でもそれは幻想に過ぎず実際は「結婚」というのがジェットコースターそのものです。結婚はゴールなんかではなく地獄への扉です。毎日他人と暮らす生活、家計のやりくり、親戚づきあい、夫婦生活、子どものこと……何一つ容易ではありません。結婚生活を続けようと思うのなら受け身ではいられませんし創意工夫が必要です。暇も退屈も有り難く、恋しくなるほどです。だからジェットコースターのような相手ではなく、結婚というジェットコースターを伴走してくれる一見退屈な相手とお付き合いしましょう。

人生で一番好きな男とゴールインというロマンティックラブイデオロギーをぶっ飛ばせ

「心底愛する人と巡り合って共に人生を歩むために結婚」。甘美な響きに満ちていますし、そのような御縁に恵まれた方は素晴らしいしメデタイと確かに思います。

しかしそうでなくては結婚しちゃいけないわけではありません。というより、その様な縁に恵まれる人など極々少数であり、さらに本人の思い込みの可能性もあって、結婚後いつその思い込みが覆され憎悪に変わるかわかったものではありません。

結婚すると自分の誰にも見せたくないような姿を相手に見せ続けることになりますし、逆もまた然りです。「健やかなるときも病めるときも」とは結婚式で定番の誓いの文句ですが、実際は「病めるとき」ばかりを見せ合うことになります。なぜなら健やかなるときは家庭外のことも充実しているため結婚相手にばかり構っていられないからです。

あなたは人生で一番惚れた相手の病めるときばかりを見ていくことになります。白馬ノ王子サマかと思っていた相手の腹は出てきて頭は禿げます。勿体なくないですか。人生で一番好きだと思える相手にこれからがっかりし続けるのは。どうせがっかりするのであれば人生で5、6番目くらいに好きな相手と生活を続け、一番の相手は色褪せぬ思い出として取っておいてはどうでしょう。

こんな事を言うと「惚れた相手だから病めるときにも我慢して過ごせる」と言われてしまいますが、ウツ婚は生き延びるための結婚です。その王子サマはあなたが病めるときに何よりあなたを大事にしてくれますか。生活基盤を整えてくれますか。病めるあなたに責任追及をすることなくケアしてくれますか。ウツ婚では「惚れてするのではない。結婚とは惚れられてするもの」と繰り返し言っています。

相手は5、6番目に好きな人で充分です。生理的に無理でなければ大丈夫です。ですが、相手はあなたに惚れて惚れて仕方ない人にしておきましょう。こっちは病んでいるのがデフォルトなのですから、それでもそばに居続けてくれる相手にしましょう。

そしてロマンティッククラブで結婚すると、相手への想いは結婚当初がピークで右肩下がりになるのが常です。しかし低め安定で結婚しておくと、生活を続けるにしたがって相手への愛着感情が育まれ右肩上がりになっていくかもしれません。

入籍へ外堀を埋めて囲い込め

相手の両親には良いところアピールより怪しくないアピールを

義実家への挨拶は、お付き合いが始まってからなるべく早めに行ってください。結婚で揉めるのは、本人同士よりもその家族親族関係のことの方が多いです。挨拶だけを早めに済ませて、あとは当人同士の問題にしてしまいましょう。

そして彼の人となりを探るにも、義実家はかなり情報量が多いので、知っておくに越したことはない気がします。

さぁ、それでは彼の両親にご挨拶です。気の利きすぎるほど利くあなたは、大いに張り切って自分の素晴らしさをプレゼンするかもしれません。逆にこんな私で良いのかと弱気になり過ぎて、懺悔室のごとく洗いざらいぶちまけたくなるかもしれません。

ですが彼の両親は、素晴らしいあなたも謙遜が過ぎて卑屈なあなたも待ってはいません。待っているのは「可もなく不可もない相手」です。

私たちのような生育環境にあると想像しづらいかもしれませんが、彼のご両親は息子さんが選んだ相手を尊重しようとします。つまりよっぽどダメな理由がない限り、基本的に成人した息子の行動にケチを付けることはしないのです。

ですから、あなたがやるべきは「怪しい人間でないことのアピール」のみです。嘘はいけません。聞かれたことには素直に答えましょう。挨拶をしましょう。敬語を使いましょう。出来るならお手伝いを。出来ないなら座っておきましょう。出された食事は食べましょう。後で全て嘔吐するとしても、相手の両親と別々になるまで持ちこたえましょう。お酒はあまり飲まずにお酌しましょう。タバコは控えましょう。緊張のあまり、酒や薬物を使用してから挑むのはやめましょう。喋るのが苦手なら黙っていましょう。喋るのが得意でも黙っていましょう。下着の隠れる服で行きましょう。彼の両親の話がつまらなくても、急に鉄板の笑い話をぶち込むのは止めましょう。退屈な歓談に2時間程度耐えましょう。

それが、彼の両親へのご挨拶です。

あなたの素敵なところはこれから徐々に伝わります。そして逆も然りです。この場は平穏無事に終えることだけを目指しましょう。すっごく好かれる必要もすっごく嫌われる必要もないのです。

「記念日」の設定

入籍日（結婚記念日）はいつでもいいのですが、余裕のある方は記念日を設定するのもお勧めです。

先に自分から「〇月〇日に入籍したい」と言っておけば、その日から逆算して二人が何をした方が良いのか、お付き合いの方向性が定まります。もし、その入籍希望日を彼が受け入れなかったとしても、彼はその理由を説明してくれるでしょうし、そこから「では、いつなら可能なのか」という交渉に入ることもできます。

入籍日を、例えばアディクションのバースデーにするのもお勧めです。自助グループでは「バースデー」という制度があって、例えばアルコールの依存だったら酒をやめたその日を生き直し始めたクリーン（依存対象をやめていること）一日目として「バースデー」に設定し、クリーンを続けることへの励みにし「一年目」「二年目」と生き直した自分の誕生日を数えていきます。

この日に入籍日を当てると、彼には言わずとも自分のバースデーを祝ってもらえます。そして大体バースデー前後はうつになったり怪我をしたり、心身に不調を来すことが多いのですが、結婚記念日にしておけば結婚という変化から来る心身の不調も一緒に予想がつきます。

例えば一年目はハイで覚えていない。二年目は安心からうつになり動けなくなる……など自助グループのバースデー制度で先人たちにより培われた知恵も応用することが出来ます。

このバースデー制度を応用したのが「ホーリーデー」です。何かトラウマティックな出来事があったその日をホーリーデーとして、毎年わざと意識して祝います。トラウマティックな事が起きた日付が近づくと具合が悪くなります。スーパーに並ぶ旬の食べ物さえもフラッシュバックの引き金です。だからこそ注意深く生活するためにホーリーデーを設定します。私はそのホーリーデーにしました。忘れられない日だったからです。その経験を忘れなくて良いのです。ただ、その日に他の思い出も付け足していってあげてください。まず入籍することが第一ですが、余裕のある方はこのように記念日を設定することもお勧めです。

男と女の言語は違う。話し合うな！　分かり合えたフリだけしろ！

ロマンティックラブイデオロギーをぶっ飛ばした後は、「運命の相手」も「わかり合うこと」も一旦諦めてください。そして、「その場しのぎ」に着目しそれを繰り返してください。

私たちは長期的な目線とやらを持っていませんし、思考が先走るので足元が置いてけぼりになってしまいます。まずはその場しのぎで、「今ここ」だけを乗り切ることです。

まず、デート相手と無事デートを終えることだけを考えましょう。一回のデートで全部出し切らないでください。満たされない気持ちは次のデートに繋がります。満たさないで乗り切るだけです。まずはそれだけ心がけましょう。そして、そのようなデートを繰り返しましょう。それがお付き合いです。

良いところを見せるのではなく、ボロが出るのだけを避けましょう。それだけでなかなか大変なものです。

間違っても、「相手とわかり合おう」としたり「深くお互いを確かめ合う会話」などを目指してはいけません。私の経験則ですが、女と男の言語コードは違います。違う言語コードで話しているのに、同じ日本語だから理解した気になってしまうので厄介です。思ったように伝わらなくても、相手の言っていることが理解できなくても構いません。違うのですから、寂しいけれど、諦めてください。

オープンダイアローグで知られる斎藤環先生は「『対話』は3人以上で行うもの」と仰っています。「対話」は、結論は出さないし合意もしなくていい、不要不急のお喋りのことです。「会話」は合意を目指し結論を出す話し合いです。ですから、二人ですると「会話」になってしまい、そこには議論や説得やアドバイスが含まれてしまい、かなりストレスです。端的に言ってイライラします。

ですから彼と二人で行うのはほぼ「質問と回答」それに「挨拶」と「社交辞令」くらいの方が無難です。「魂の通い合うような会話」など幻想です。たとえ在ったとしても、それは3人以上で行うものですし、婚活相手とするには相応しくありません。逆に「魂が通い合った！」と思えてしまったら、それは危ない相手とかなり危ないところまで来ているサインだと思ってください。

年収の高さで選べと言っても出てくる好み。自分が働けなくなったときがライン

生徒さんからよく「どうやって選べば良いのですか」と聞かれます。私はそのとき決まって「年収が高い人から選んでください」というのですが、実際にそうする人はほとんどいません。

誰しも好みがありますし、人となりを知っていく上で惹かれていき、最終的に「月美さんがなんと言おうとこの人が良い！」となるようです。だから私があえて提示しなくとも、皆さん自分の中に物差しをしっかり持っているのだと実感させられます。

ただ、私たちはセーフティネットとして結婚をするのですから、相手にある程度の収入は期待しましょう。ある程度というのは、私たちが働けなくなったとき、夫婦二人で何とか食っていける程度です。それは住居や年齢、さらに親類からの援助の有無によっても変わるでしょう。とにかくカツカツでいいから何とか生活していける所得が必要です。

私たちの多くは就労が非常に困難です。ウツ婚の生徒さんにも結婚してから安定して仕事に就く方は多くいました。ただその前段階、結婚前はかなり経済的に困窮していた方が多かったです。私もその一人です。

結婚をして安定すれば仕事も出来ると皮算用はしない方がいいです。結婚しても自分が就労できる状態になるかは未知数で、さらに妊娠や出産となれば健康な人でも働けなくなってしまいます。とはいえ、「夫がうつになるときもあるかもしれない」などと心配してしまえば、身動きが取れなくなります。

今の段階で、あなたが働けなくなっても、何とか二人が生活していける年収。どんなに好きになっても、そこは譲らない方が良いと思います。

婚活は役所に受理されるまでが婚活です

いざ！婚姻届提出

意志決定するからこそ過去のことが溢れ出る時期。専門家の相談先を幾重にも持つ

ウツ婚では「CHOOSE MY FAMILY!」をキャッチコピーに掲げています。原家族に縛られとらわれ、本当によくぞ生き延びてくれて私は生徒さんたちが本当に愛しいです。そんな生徒さんたちに、どうかこれからの家族は、自分で選んで欲しい、自分で選んで良いのだということを知って欲しいのです。

今までの家族は否が応でも家族でした。でもいつかは捨ててください。原家族はあなたを搦め捕るようにまとわりついてきますが捨てて良いのです。私は「親捨て」は子どもの義務だと考えています。そして次の家族は自分で選ぶ。

今まで気分が上がり気味に婚活してきた生徒さんも、この段階になると急に落ちます。結婚が現実味を帯びて来て、自分の日常が変化していくことを実感するからでしょう。巷でもマリッジブルーなどと落ち込む人が多いのですから、私たちが落ち込むのも当然です。

私たちは「変わりたい」と心底願いつつ、変化を嫌います。今まで変化は私たちを更なる困難に突き落とすことが多かったからです。さらに「家族」が変化するのです。原家族のことを思い出すでしょう。それはあなたの調子を悪くします。

このときこそ、精神科に繋がっていることが強みになります。主治医・カウンセラー・ワーカー・自助グループ……思いっきり相談しましょう。たとえ周りからは、幸せすぎる結婚を掴む直前に見えても、それら専門機関の人たちはあなたの不安や恐怖を理解し受け止めてくれます。有効なアドバイスもくれるでしょう。

結婚前のネガティブな感情を彼にぶつけてはいけません。彼には、原家族や過去の体験から生じるあなたの不調を理解できないからです。彼にぶつけても「俺が何か悪いことをしたかな」と見当外れな罪悪感を持たせるだけで、最悪「俺では幸せにできない」と思わせてしまいます。

どんなに幸せそうに見える変化でも具合は悪くなるのです。今まであなたが築いて来た応援団を活用してください。みんな、相談してくれるのを待っています。

症状にビビリ過ぎない。通り過ぎる。自己責任の罠

前述した通り、家族のことを決めていくのですから、あなたにはその変化に耐えようと様々な症状が出ることでしょう。このときに「再使用」などのスリップは避けたいので、自助グループや専門機関と繋がっていくことは必須となります。

その他フラッシュバックなどの辛い症状も出ると思いますが、それに飲み込まれないでください。症状は通り過ぎます。延々その中に居続けなくてもいいのです。

生徒さんの中には何年かぶりにフラッシュバックが起きて、それに圧倒されてしまう方もいました。確かに嵐の中に舞い戻ってしまった気がするでしょう。でも今はあのときとは違います。あなたの周りには応援団もいて、あなたも年齢を重ねています。だからこそ、症状は起きる。しかし通り過ぎる。このことを頭に入れておいてください。

そして、このしんどい時期に自己責任の罠に引っかからないでください。「CHOOSE MY FAMILY!」と自分で選んだからといって、症状が起きるのは自分のせいではありません。あなたは今まで生き延びるために症状を身に付けざるを得なかったのです。そして変化が起きればやはり症状は起きる。それだけです。

結婚相手が危険な人だというのがわかったときも、自分が選んだのだからと我慢する必要はありません。すぐに逃げてください。何度も繰り返しているように、私たちは元々支配的な人を選びやすいのです。その原因もあなたの中にはありません。あなたの外にあります。だから自己責任論もビリビリに破いて放り投げて、とにかく安全な場で婚活を進めていきましょう。

1／3原則。「社会のせい・親のせい・自分のせい」。責任のわけっこ

「(今のあなたが苦しいのは)あなたのせいじゃない」。確かにその通りです。しかし私たちは、本当に、自分のせいではないと思うと逆に具合が悪くなります。理不尽さによる苛立ちや悲しみに怒り。自分がしてきたことをある意味、否定されたような感覚。その他諸々はあっという間に私たちを飲み込みます。

そこでウツ婚では「1／3原則」というのを作っています。自分が今のような状態にあるのは、「社会のせい・親(原家族)のせい・自分のせい」と決めてしまい、1／3ずつ責任を分けっこします。そして、もう1／3であると決めて、それ以上は考えません。

本当は誰のせいなのかなど答えは出ません。そして今は考える時ではありません。あなたのせいだけでは決してありません。でもあなたが必死で生き延びてきたことは無駄ではないのです。その意味で、あなたがしてきたことはちゃんと残っています。

プロポーズのタイミングで大まかに話す

自分が精神疾患を持っていること、原家族と絶縁していること、やはり多くの生徒さんは相手に話したがります。それだけ真面目で誠実だからこそ病に悩むのだとも思います。「いつ言えば良いか」と何度もご相談を受けました。私は「プロポーズのときに言ってください」と答えています。

プロポーズ前のようなお互いに結婚を決めかねているときにわざわざ話す必要はありません。しかしプロポーズという相手の意志が固まっており、誠実に自分に接してくれているときには、やはりこちらも誠実に応えたいと生徒さん方も思うようです。

彼はプロポーズは「YES／NO」の答えが出るものだと予想しているでしょう。そのときに「YES／NO」ではない答えをしてください。

たとえば「結婚してください！」ときたら「すごく嬉しい！　ありがとう！　ねぇ、お互いのこれからのために、ちょっと私の話を聞いてくれる？」などと言って、自分が彼に打ち明けておきたいことを話すのです。

このとき大切なのは「大まかに話す」ことです。そこから自分の生育歴を長々と語ってはいけません（「彼に自己開示する時のポイント」参照）。

たとえば、1「実はうつになったことがあって、今も病院に通っているから、これからもならないか心配」、2「親に酷い扱いを受けていたことがあって、距離をおいている。顔合わせやご挨拶ができなくて申し訳ない」、3「お酒を飲み過ぎてしまうことがあって、そのときに周りにたくさん迷惑をかけて今でも反省している。結婚生活でまたお酒を飲み始めないように応援して欲しい」くらい大まかに打ち明けてください。

詳細な自分語りは相手にも迷惑ですので止めましょう。それは自助グループや主治医の前で行うものです。あくまでも彼には「自分にはこういう側面がある」ということを伝えておくのです。

そして話の末尾は、彼でも解決が可能なものにするのがコツです。

先ほどの例によれば、1「これからもならないか心配」↓「ならないような結婚生活を作っていこう！」「もしなっても、既に病院にかかっているならそこで治療しよう！」、2「顔合わせやご挨拶ができなくて申し訳ない」↓「しなくていいのなら俺はいいけど。本当に良いの？」「俺は良いけど、うちの親には言わなきゃな」、3「結婚生活でまたお酒を飲み始めないように応援して欲しい」↓「応援はするよ！何すれば良いの？」「どれくらい飲んでいたの？　見張った方が良い？」など、彼が出来ることで末尾を締めることです。

うつ病である事実も原家族との絶縁もアル中は死ぬまで止め続けなければならないことも、彼にはどうすることも出来ません。でも彼はあなたを思うあまり、どうすることも出来ないことをどうにかしようとしてくれてしまうでしょう。だから、どうにも出来ないことは話の前提条件として先に言い切っておいて、彼が何か出来ることで話の後半を締めるのです。

つまり「YES／NO」を保留にしておいて、彼に打ち明ける。打ち明け話は早々に切り上げて、プロポーズに答える。彼の方はYESの答えを早く欲しいのですから、こちらはそこに交渉の余地を見いだします。大体YESがもらえるであろうという自信が全くないうちに人はプロポーズをしません。彼も「置きに」行っているのです。てっきりYES

がくるであろう、そのタイミングに肩すかしをして交渉に移ってください。そして交渉は短時間で終わらせるのがコツです。肩すかしに気付かないくらいに、さっとねじこんで、前提条件共有済のＹＥＳと話を戻しましょう。

証人は原家族以外に

婚姻届には「証人」という欄があります。大体本人の親が書くようですが、特に決まりはありません。

特に決まっていないのに、わざわざ自分の親のところまで行ってこの欄を埋めてもらう方は多いです。これはお勧めできません。親にもう決別するのだということを突き付けたい、もうあなたの娘じゃないのだと示してやりたい。その気持ちはわかりますが、結婚した後にいくらでも出来ます。

「親によって結婚をダメにされた」と嘆いて私のセミナーに来てくださる方は多いのですが、それならば自分の親を甘く見ず、最後まで邪魔されずに遂行しましょう。

婚姻届の証人はなったからといって、お金を取られる訳でも離婚したときに責任を追及されるものでもありません。友だちでも誰でもなれますし迷惑をかけることもないでしょう。とにかく頼み込んで、原家族以外の誰かに書いてもらいましょう。

前日から泊まり込む独身最後のデート

映画やドラマでは「独身最後のパーティー」と称して、入籍前夜に女友達が集まってばか騒ぎをしたりします。そこで事件やトラブルが起きて物語は面白くなっていくのですが、これが現実だと堪ったものではありません。そして何もドラマだからそのような事件が起こるのではなく、現実にも起こりやすいタイミングなのです。

どうか入籍前夜は彼に「独身最後も結婚初日も一緒にいたい❤」などと言い訳して、一緒にいてもらいましょう。夜は積もる話などせず、眠剤でも飲んでさっさと寝て、翌朝一番で婚姻届を出しにいきましょう。不備があっては困りますから、実印なども持っていきましょう。相手に不備があった場合も、当日中に出し直してもらいましょう。

とにもかくにも、入籍を決めるのです！　パーティーやその他は、入籍が済んでからにしてください。入試の前日に飲み会をする受験生はいません。就職面接の前日に「今日が社会人になる前、最後の日だ！」と騒ぐ人は社会人になれないでしょう。

入籍前夜のパーティーはかなり恐ろしく、再使用の引き金にもなります。周りからの無責任な「結婚やめちゃえ」やリップサービスとしての「彼の愚痴」への同意は、あなたの不安を直撃します。

一人で過ごすなら、整体に行くとか料理をするとか、プールに行って泳ぎ疲れて眠るとか、なるべく淡々と過ごしてください。気持ちは淡々とはいきません。結婚生活への期待とそれを凌駕する不安に押しつぶされてしまいそうになります。だからこそ、淡々と行動して、「私は不安だけれどそれでも感情に振り回されず行動できている」ことを自分に伝えてあげましょう。

「CHOOSE MY FAMILY!」を守る、しがらみへの儀式対応

原家族への報告は「入籍報告」ではなく「引っ越し報告」

これまで散々、原家族に秘密裏に婚活を進めろと言ってきましたが、入籍後には伝えた方が良い場合も多いでしょう。

でもそれは入籍してしまえばいつでもいいのではありません。「新居」が決まってからです。生徒さんの多くは独り住まいでしたので、相手とどこで結婚生活を営むかが決まってから伝えて欲しいと言っています。

つまり自分の安全な居場所が確保出来てから、原家族には伝えて欲しいのです。実家住まいの方は私と同じように引っ越し先が決まってからの方が良いでしょう。原家族の影響が及ばないところを確保してからということですが、新住所について伝えるか伝えないか

は、主治医やワーカーとよく話し合ってからにしてください。兄弟姉妹からも情報は漏れますので、その辺りも専門家と話し合ってください。

多くの生徒さんは、新居が決まると同時に入籍を親に報告、そして新住所も伝えた上で、改めて両家顔合わせとなるようです。相手のご両親は、「色々聞いていたが良いご両親じゃないか」と最初は会わせなかったあなたを責めるかもしれません。でも結婚生活で辛いのは相手の親族とも親戚になること。次第にあなたが言っていたことの意味が明らかになりますので、その点は早合点して自分や相手を責めずに、何よりも自分がようやく掴んだ新しい家族を守りましょう。

最後に怒られるくらいは引き受けよう

結婚を事後報告すると、あなたが相談もなしに結婚したことを、きっと両親は怒るでしょう。そのときに、逆切れしたり彼を巻き込むのはやめましょう。私が最初から一貫して、彼に自分の荷物を丸投げするなというのは、このときも含みます。

確かに自分の両親に言わず結婚をするというのは非常識なことです。しかし非常識な手段に出なければいけない理由がありました。その理由に「彼」は含まれていません。親の怒りは自分のところでせき止めておきましょう。

しっかり怒られましょう。きっと「相手を連れてこい！」と言われるでしょうが、ある程度両親の怒りは彼が来る前に吐き出させておきましょう。可能なら、親と自分と主治医やカウンセラーで家族面談を行うのも手です。

それからようやく、彼に登場してもらいましょう。彼はあなたの両親に怒られて「だから、先に挨拶しようと言ったじゃないか」と思うかもしれません。しかし、それ以上の理不尽な怒りに接するうちに「だから、会わせたくなかったのか」と理解してくれるはずです。

両家顔合わせは格式にこだわって

これからの生活にはお金がかかります。結婚式を挙げるなら尚のこと節約しておきたいと思うかもしれませんが、両家顔合わせの場こそ、出費を惜しまない方が良いです。

わざと分不相応な格式高い場所で行い、両親が「よそ行きの顔」を外せないようにしましょう。生徒さんからよく聞く原家族の話は「すごく外面が良いので、私の話を誰も信じてくれなかったし、町内の人格者のように扱われていたから自分が悪いと責める原因にもなった」というものです。それなら是非ともその外面のままでいてもらいましょう。

高級な食事処というのは人を緊張させます。さらにサービスに関してもかなり融通が利きます。そして結局、肩肘張って料理の説明を聞きながらコース料理を食べ終えただけで終わってしまいます。それでも、顔合わせはちゃんと行ったことになるのです。

交わされた話はお互いの地元の天候についてだけだったかもしれません。しかしそれでも「これから、どうぞよろしくお願いします」で締めてしまって良いのです。

結婚式や披露宴は入籍の後

余裕があってやりたければ、結婚式や披露宴をするのもいい思い出になるかもしれません。しかしくれぐれも入籍の後にしてください。とにかく式はもめます。夫となる相手とはもちろん、相手側の親族・自分の親族・友達や仲間、もめ事の宝庫です。

だからこそ、やり終わった後はいい思い出になり夫婦の結束力も高まるのかもしれませんが、入籍前に行うにはあまりにリスキーです。入場の曲でもめて、別れることになったらたまりません。花代に慄いて入籍が先延ばしになってはもったいないのです。まずは入籍すること。結婚に付随するその他は後から考えましょう。

夫婦同姓もなかなか良い

現在は事実婚をする人も増えています。夫婦別姓も人気があります。しかし、まだ少数派であることは否めません。私も婚前は事実婚派でしたし、出来れば旧姓のままでいたいと考えていました。

確固たる信念があってその選択をする方は良いのですが、なんとなく決めかねている方は昔ながらの手続きに沿った結婚をお勧めします。なぜならまず姓を変えてしまうのは、誰の目から見ても明らかで具体的な「変化」です。そのことは自分自身にも「変化」していることを示し続けます。それは当人にかなり影響を及ぼします。「もう私は〇〇の娘ではない」というのは原家族から脱出する際に、かなり有効なものです。

さらに事実婚をするのはかなりの労力が要ります。なぜ事実婚を選ぶのかを、まず彼に、そしてこれからも周囲の人へ説明し続けなければならないでしょう。その労力を補って余り得るくらい事実婚をしたければその方が良いでしょう。事実婚がしたいという気持ちを抑える必要は全くありません。

ですが、ウツ婚ではなるべく生徒さんに負担の少ない形での入籍を目指します。事実婚を選ぶということは、それ自体が元来よりハードルの高いものとなります。「〇〇の娘でなくなる」のもかなり良いものだと思います。気持ちの上で「私は変わった!」と思うより現実的に何かが具体的に変わる方が私たちへの影響は大きいのです。

新婚旅行では必ず「離婚したい」と思うと知っておく

これまで入籍するために必死だったあなたが、入籍を無事に果たして新婚旅行に行ったら、そこでは相手の粗しか見えてきません。「この人と結婚して本当に良かったのだろうか」という不安の証拠集めに新婚旅行はうってつけだからです。

しかも旅行先で誰にも相談できない。主治医もカウンセラーもいない。でも彼はいつもいる。いつもより不便な空間である。イライラしないはずがないと思います。新婚旅行とは離婚したくなる旅行です。

ですから、新婚旅行で「離婚したい！」と衝動的になっても、まずは帰宅してから専門機関に相談して欲しいです。衝動をそのまま行動に移すのではなく、まず誰かに相談してから大事な決断をするというトレーニングをしてください。

相談を重ねた結果が離婚であれば致し方ありません。しかし旅行前からそういうものだと思っておけば対策を練ることが出来ます。たとえば、毎回ダブルベッドはやめて時々ツインにする。中一日はお互い別々に行動する日を作る。帰りの飛行機は彼と席を離して座る。便箋を持っていって彼への愚痴を書きなぐる。下らない本を持っていく。など、少しでもストレスが軽減するようにしておいてください。

因みに私が夫と二人で海外旅行に行く際には今でも、一日別行動の日とどんなに素晴らしい場所に行っても一日引きこもる日を確保することを先に伝えてからスケジュールを組みます。主治医への手紙を書く便箋は忘れず、仲間にも「恐怖の旅行だからＷｉ－Ｆｉが繋がり次第、愚痴るのでよろしく」と前置きしておき、空港の本屋ではいつもなら買わない袋とじ付きの週刊誌を買ってルクセンブルクで壇蜜のグラビアを眺めていたりします。それぐらい慎重に安全装置を重ね、ようやく楽しい旅行ができます。

無事に終わった方が相手にとっても何より自分にとっても楽しい旅行なのですから。

入籍後あれこれ

「めでたい」で乗り切る

この不可思議な結婚に、原家族や周りの人はどう反応したら良いのか戸惑うかもしれません。その時は自ら進んで「これはめでたいことなのだ」と表明してあげてください。すると皆は胸をなでおろし、このめでたいニュースを喜んでくれるでしょう。謙遜や自己卑下する必要はありません。精一杯、浮かれておきましょう。

実際、「結婚」が単にめでたいだけのものでないことぐらい、今や既婚未婚男女問わず皆知っています。だからこそ、余計な事を言わせないためにも「めでたい」で押し通すのです。しのごの言う人がいても「浮かれていて聞こえない」振りをしてしまうのが便利です。

原家族は社会資源として使う

結婚したからといって原家族を絶縁することはありません。絶縁するのはかなり気力も体力も使うからです。それよりは新しい生活への社会資源として活用しましょう。

結婚祝いはしっかり貰いましょう。家電や家具もくれると言うなら貰いましょう。意地を張っても何の得にもなりません。新生活はお金がかかるもの。助けてもらいましょう。

但し、どんなに懇願されても「合鍵」だけは渡してはいけません。そこはあなたと新しい家族の居場所なのです。原家族は来たとしてもお客様です。彼にも失礼ですし、彼の両親にも渡さないでもらいましょう。自分の安全な居場所はしっかり守るのです。

HOW TO編まとめ

とにかく大切なのは、有効なスキルとテクニックを知り、それをトレーニングし続けることです。人は何かを「しない」より「する」ことの方がずっと簡単です。ですから、ここに挙げたスキルとテクニックをどうか「して」みてください。

人と繋がることは孤立を防ぎ、病に飲み込まれないために有効です。しかし、それにはスキルとテクニックが要ります。「変わりたい」と頭の中で考え、自分では変わったつもりでも、人から見れば何も変わっておらず問題自体は続いてしまうことが、よくあります。

まず、具体的に変えることです。頭の中で「自己肯定感」や「ありのままの私」とやらを考え続けるよりも、服を、行く場所を、話す内容を変えてみてください。すると、それを受けた周りが変わります。そして他者との関係性における問題が変わっていきます。

小さいことから、ほんの些細なことから、まずは具体的に変えてみてください。

したたかに戦略的にしなやかに。少しでもあなたが楽に生き延びるための、お役に立てれば幸いです。

【参考文献】

エイミー・ジョイ・カッセルベリー・カディィ『ボディランゲージが人を作る』TED Global、2012

小倉千加子『女の人生すごろく』筑摩書房、1990

上岡陽江・大嶋栄子『その後の不自由』医学書院、2010

熊谷晋一郎『リハビリの夜』医学書院、2009

熊谷晋一郎編『みんなの当事者研究』臨床心理学増刊第9号、金剛出版、2017

斎藤環『オープンダイアローグがひらく精神医療』日本評論社、2019

鈴木大介『「脳コワさん」支援ガイド』医学書院、2020

東畑開人『居るのはつらいよ』医学書院、2019

松本俊彦編『アディクション・スタディーズ』日本評論社、2020

水野敬也『スパルタ婚活塾』文響社、2014

ウツ婚に参加してくれた生徒さんたち

私のおビョーキ仲間たち

あとがき

ここまで、私のしっちゃかめっちゃかに長々と付き合って頂き、本当にありがとうございます。

「山のあなたの空遠く、幸い住むと人の言う（byカール・ブッセ、上田敏訳）」

この本を読んでもらえたこと、それは私の確かな「幸い」です。
おかげで、私は生き延びています。

最初は私も「生活保護か専業主婦か」と悩み「結婚して養ってもらうこと」が目的で婚活を始めました。しかし結婚して振り返ってみると、私を楽にしてくれたのは「婚活」だったと気付いたのです。

「婚活」は結婚までのプロセスです。そのプロセスの中では、社会と他者と繋がろうとすること、そのために自分を知り戦略的にカスタマイズしていくことが行われています。「他者」と「自分の身体」に対して、戦略的なスキルとテクニックで付き合う作業が必要になります。

多くの失敗を重ねながら私が身に付けた、そのスキルとテクニックは生き延びるために役に立ちました。でもそれは「結婚」したからではありません。「婚活」のプロセス自体が、私にとっては治療的なトレーニングになったのです。

そこから私は、私のような病を持つ女性に向けて婚活セミナー『ウツ婚!!』を始め、ありがたいことに席はいつも全て埋まりました。生徒さんからも生徒さんたちの主治医からも喜んでもらえて、とても光栄でした。生徒さんたちからも多くのことを教えてもらいました。本当に感謝しています。

生徒さんの婚姻届の証人になることもありましたが、繰り返しになりますが「結婚」が目的ではありません。「婚活」を通して、多くの生徒さんたちが生き延びるための戦略的なスキルとテクニックを自分のものにし持ち帰ってくれたことが何より嬉しかったです。

生徒さんたちも、私が患者であるときの仲間も、私に沢山の困りごとを聞かせてくれました。その困りごとにどう対処していくかが、この本には詰まっています。

そして、この本は「ビョーキのまま生き延びる」ための道具です。本の中にはビョーキが治る方法など一つも書いてありません。私たちのビョーキは劇的に回復することなどないからです。淡々と地味に、回復の螺旋階段を一歩ずつ上がっていくことしか出来ません。

螺旋階段には日と影の両方があります。影に飲み込まれてしまいそうなとき、どうか階段の踊り場でこの本を読んでみてください。どっちが上か下かもわからないような暗闇で、この本があなたの足元を照らすことがあれば幸いです。

そして、ここからは支援者の皆さんへ。

私たちは「助けて」が言えません。その私たちを助けてくれる支援者の皆さんにはいつも感謝しています。ありがとうございます。

私たちは「言葉」を持ちません。だから症状で伝えてしまいます。自分でも自分に何が起こっているのかわからないため説明も出来ませんし、症状に自分でも驚いて飲み込まれてしまいそうになります。

私たちは「生活」を知りません。痛い身体は温めること、夜になったら眠ること、消化に良いご飯。それらの知識も経験も与えられてこなかったので、身体のメンテナンスを怠ります。その必要性や存在すらも知らず、ただただ誤作動する身体に自傷で上書きし、痛い身体を抱え続けています。

私たちの「関係性」は壊れています。歪なそれは、他者との繋がりや自分の時間感覚も歪めます。結果、早過ぎる妊娠出産か、それ自体の機会を失います。なので、この本ではまず「婚活相手」という具体的な対象に狙いを定め、そこから逆算して関係性や身体をメンテナンスすることにしました。

私は多くの支援者の方々に助けられ支えられ、今ここ、に居ます。

まっとうな支援者の方と会うときほど私は自分を隠しました。

CHANELを持ち歩いているのに、自宅には「塩」すらないこと。温湿布と冷湿布はどちらを貼ればいいのか、整体と接骨院の違いがわからないこと。カウンセリングの予約をキャンセルしたのは「デート」に誘われていたからだということ。

実は私は、「障害者手帳」を持っていません。

「あなたは病気で、そうなったのはあなたのせいではなくて、今は頑張らずに休むとき」そんな支援者の方からの優しく正しい言葉に涙を流して頷きながらも、一人になるとそうは思えませんでした。そう思ったら、本当に、私は病気で私のせいじゃないのだったら。考え始めると、自分がバラバラになってしまいそうで、怖くて怖くて、「休むため」と与えられた時間は全て過食と引きこもりで埋めました。

あなたたちの優しさからも正しさからも、逃げ出してしまい、ごめんなさい。

まっとうな支援者の方々は私に「障害者手帳」を取得することを勧めてくれます。その方が「婚活」よりもまっとうに助けてもらえるはずです。わかったフリだけしています。ごめんなさい。

そしてまっとうさに馴染めなかった私は、「婚活」という飛び道具を使って、現在はまっとうな社会に紛れています。

支援者の方々のもとから、ようやく「嫁」に行けた気分です。

でも不妊治療をし妊娠をした時に、精神的不安定さから「港区特定妊婦」に指定された私は、早くもあなたたちのところへ出戻ってしまったのでしょうか。

私たちは、あなたたちのもとを行ったり来たりします。嫁に行ったかと思ったら、すぐ実家に帰ってくる娘のようです。

そんな出来の悪い娘のグチを、どうかこれからも聞いてやってください。

私たちは、事件を起こさないとあなたたちに会ってはいけないのではないかとも思っています。大きくなった困りごとを持っていると、あなたたちに安心して会いに行けたりもします。

だから、「グチ」で済んでいるうちに聞いてやってください。グチグチ言ったら、そのまま実家の冷蔵庫でも漁って、気が済んで帰りますから。

私たちは「助けて」が言えません。だから「グチ」のうちに言わせてください。

困りごとにすらなる前段階のグチを、どうか聞いてやってください。

そしてその「グチ」に隠された、私たちの言葉にならない言葉を、どうかすくい上げてください。

女に生まれて良かったなと思います。どうやら男の人は、酒を飲まないとグチも言えないらしいですから。私たちはお饅頭とか食べながら、何時間だってグチっていられます。

そうやって生き延びて行けたらなと、皆が、同じ縁側に並んで、お互いの顔を見つめ合わず、でも同じ空を見つめ、甘いものを頬張って、お喋りしながら生きて行けたらなと、精神保健福祉センターの窓口で私はそんなことを考えています。

そんなお砂糖とスパイスと困りごとで出来た「女」である私たちを、どうかこれからも助けてください。

暗闇から、手を伸ばしますから。

石田月美

石田月美（いしだ・つきみ）
1983年生まれ、東京育ち。幼少の頃から周囲と馴染めず、浮き上がった自分を抱えながら過ごす。高校を中退して家出少女として暮らし、限界がきて実家に戻り通信で高校卒業資格を得て大学に入学。独り暮らしをしながら大学在学中に摂食障害になり中退して実家に戻る。精神科に通いながら婚活をして結婚。自身の婚活経験を活かし、2014年から『婚活道場！』という婚活セミナーを立ち上げ、「病を抱えたまま社会と繋がる」をテーマに精神科のデイケア施設にて講師を務める。大反響を呼び『ウツ婚!!』という名にリニューアルして更なる活動の幅を広げる。

ウツ婚（こん）!!
死にたい私が生き延びるための婚活

2020年11月15日　初版

著　者　石田月美
発行者　株式会社晶文社
東京都千代田区神田神保町1-11 〒101-0051
電話　03-3518-4940（代表）
　　　　　　　　4942（編集）
URL　http://www.shobunsha.co.jp

印刷・製本　株式会社太平印刷社

ISBN978-4-7949-7200-2 Printed in Japan

好評発売中！

わたしはなにも悪くない　小林エリコ

うつ病、貧困、自殺未遂、生活保護、家族との軋轢…幾重にも重なる絶望的な状況を生き延びてきた著者。精神を病んだのは、貧困に陥ったのは、みんなわたしの責任なの？　苦難のフルコースのような人生を歩んできた著者が、同じ生きづらさを抱えている無数のひとたちに贈る「自分で自分を責めないで」というメッセージ。

話し足りないことはない？　アンナ・フィスケ／枇谷玲子 訳

対人不安や孤独に悩む、年齢も性別も異なる6人の男女。家族や会社の同僚たちとの関係、アラフォーの恋、街中でのパニック発作…週ごとのセラピーで心の内を打ち明けあう。傷ついた体験は、話すことで癒やされる。ノルウェーを代表する漫画家が、自身の体験に基づいて描いた〈セラピー〉マンガ。

自分の薬をつくる　坂口恭平

「悩み」に対して強力な効果があり、心と体に変化が起きる「自分でつくる薬」とは？　電話をかけた人たちが楽になり、元気になるという「いのっちの電話」。何がそこで起こっているのか。2019年に行われたワークショップ、待望の書籍化。あっという間に読めて、不思議と勇気づけられる。鬼才坂口恭平、ついに医師になる！

しょぼい生活革命　内田樹・えらいてんちょう（矢内東紀）

仕事、結婚、家族、教育、共同体、宗教……私たちをとりまく「あたりまえ」を刷新する、新しくも懐かしい生活実践の提案。しょぼい起業でまっとうな資本主義を再生／もののはずみで家族になる／欲しいものがあればまずそれを他人に与える…。世界を変えるには、まず自分の生活を変えること。世代間の隔絶を越えて渡す「生き方革命」のバトン。

発達障害で普通に生きられなかったわたしが交際0日で結婚するまで　安藤まな

社会に適応できず、学校ではいじめにあい、大学も通学できなくなり発達障害との診断を受け、家には過干渉な母親が…。SNSをきっかけに様々な人と出会い、交際0日で結婚をしたのち、幸せを感じられるようになった著者。自立して生きていくことが難しい人はどうしたらいいのか？　生きづらさに対して「結婚」という選択肢を伝える。